行走中国丛书
主编◎张昌山 耿 昇

# 极边第一城
—— 时光中的腾冲

黄 玲◎著

云南出版集团
云南人民出版社

图书在版编目（CIP）数据

极边第一城：时光中的腾冲/黄玲著. -- 昆明：云南人民出版社，2019.12
（行走中国丛书）
ISBN 978-7-222-18687-3

Ⅰ.①极… Ⅱ.①黄… Ⅲ.①散文集—中国—当代 Ⅳ.①I267

中国版本图书馆CIP数据核字(2019)第225822号

| | |
|---|---|
| 出 品 人： | 赵石定 |
| 责任编辑： | 苏映华　刘　焰 |
| 装帧设计： | 白　雪 |
| 责任校对： | 李　平 |
| 责任印制： | 窦雪松 |

行走中国丛书

# 极边第一城——时光中的腾冲
黄　玲　著

| | |
|---|---|
| 出版 | 云南出版集团　云南人民出版社 |
| 发行 | 云南人民出版社 |
| 社址 | 昆明市环城西路609号 |
| 邮编 | 650034 |
| 网址 | www.ynpph.com.cn |
| E-mail | ynrms@sina.com |
| 开本 | 787mm×1092mm　1/16 |
| 印张 | 10 |
| 字数 | 140千 |
| 版次 | 2019年12月第1版第1次印刷 |
| 印刷 | 云南出版印刷集团有限责任公司<br>云南新华印刷一厂 |
| 书号 | ISBN 978-7-222-18687-3 |
| 定价 | 38.00元 |

如需购买图书、反馈意见，请与我社联系

总编室 0871-64109126　发行部 0871-64108507
审校部 0871-64164626　印制部 0871-64191534

版权所有　侵权必究　印装差错　负责调换

云南人民出版社微信公众号

# 总　　序

张昌山

从黑格尔以来，传统中国长期被欧洲中心主义者视为一个"停滞的帝国"。这一观念出现几十年之后，国人终于认识到，中国正面临着前所未有的深刻变革。清同治十一年（1872年），李鸿章在《复议制造轮船未可裁撤折》中说："臣窃惟欧洲诸国，百十年来，由印度而南洋，由南洋而中国，闯入边界腹地，凡前史所未载，亘古所未通，无不款关而求互市。我皇上如天之度，概与立约通商，以牢笼之，合地球东西南朔九万里之遥，胥聚于中国，此三千余年一大变局也。"光绪元年（1875年），李氏又在《因台湾事变筹画海防折》中说："历代备边，多在西北。其强弱之势，主客之形，皆适相埒，且犹有中外界限。今则东南海疆万余里，各国通商传教，来往自如，麇集京师及各省腹地，阳托和好之名，阴怀吞噬之计，一国生事，数国构煽，实为数千年未有之变局。"李鸿章对世界和中国的这种认识还在多个场合说过。当时的中国，一下子从"普天之下，莫非王土；率土之滨，莫非王臣"的天下，迅速跌进五大洋、四大洲之中的世界，甚至只是亚洲东部一个落后的大国。

这数千年未有的大变局，就是以工业革命为主导的近代化及现代化，而中国从传统社会向现代社会转型的这一近代化及现代化过程，至今仍在进行之中。

百年间，一些中外人士行走在中国这片古老而又在变动的土地上。行走者中，既有外国的传教士、外交官、探险家，更有中国的文人、学者、科学家、商人、军人，甚至有家庭妇女。他们的游记、札记、考察报告、探险实录等，见证并记录了其自身行走的经历和中国近代化及现代化的过程。当时写下这些文字的人虽身份各异、目的不同，但每一部作品记录的都是作者个人的观察与体验，也记载了他们的所思所想和个性特征。

而不同的作品拼合起来，则在横向空间上似画卷一般展现了中国各地的风土人情和社会面貌，而在纵向的时间上则有如电影一样显示了中国在不同历史时期社会变迁的细节与大势。在他们笔下，中国不再是故纸堆中的陈旧记忆，而是活生生展开的现实景象。

把历史还原到现场和实际生活，这大概是每一个想了解历史的人的最大愿望。我们从这些作者在中国的行走、体验之中看到了一种活态的中国历史，它们明显区别于以往的正史和官方档案之类的文献资料所记录的静态中国历史，而且，人生的丰富性、视角的差异性及社会的多元性，也尽在其中了。

德国学者赫尔德所倡导的"同情之理解"，作为一种历史研究方法，在中国学者中以陈寅恪等用得最深也最好。如今，我们把这些中外作者的各类作品作为历史文本来阅读、感受和研究，通过这些文本去体验他们在这片土地上的行走、见闻与思考，这也是一种"同情之理解"的实践。今天的人们可以从中感受这些作者所体验的中国社会，从而更具体、更深刻地观察了解中国近代化及现代化进程的艰辛与经验。

将中国放在整个世界大格局中来看，这一百多年的历史，大致就是摇摇晃晃、步履蹒跚地走向世界和走向现代的过程。鉴往才能识今和知来，但由于过去的观念、方法、习惯和经验等因素，有意无意地遮蔽和塑造了我们对于这段历史的认识与解释，因此，云南人民出版社推出的这套"行走中国"大型丛书，是在回头观看百年中国之动静，是在体会"我看人看我"的经验，其实质则是向前进，走向永恒的未来。

青山遮不住，毕竟东流去。历史的洪流和时代的浪潮虽然可能会被拖延，却不可能永远被遮挡。司马相如曾说："盖世必有非常之人，然后有非常之事；有非常之事，然后有非常之功。非常者，固常人之所异也。"李鸿章有言："处数千年未有之奇局，自应建数千年未有之奇业。"这两句话的时间相差2000年，表达的却是同一种心声，谨抄录于此，作为我们对国家和时代的期许。

是为序。

2015 年 5 月

# 卷首语：时光中的腾冲

腾冲，古称腾越，素有"极边第一城"之美称。

它以奇特的自然存在和丰富的历史文化遗存吸引着世界的目光。

所谓极边，指的是国家疆域的边界；也有天高地远、遥不可及之意。腾冲与缅甸接壤的国境线长达148.7公里，从腾冲到克钦邦首府密支那只有217公里。传奇的玉石文化和众多与财富相连的动人传说，更是散发出迷人的光芒。无论历史、文化，还是地理，都足以吸引众多旅游者的目光和探险的足迹。

但在古代，极边之地通常也是需要重兵戍守之地。地上遍布的更多的是军旅行商的足迹。因为时代、交通等原因所限，除了伟大的旅行家徐霞客，鲜有旅行者涉足这块极边之地。

明崇祯十二年（1639年），徐霞客不远万里来到云南，深入滇西，徒步翻越高黎贡山，与腾冲结下一段不解之缘。如今腾冲人为了纪念这位伟大的地理学家、旅行家，专门在入城处为他塑了一尊雕像。他一副瘦削、单薄的身体，于仰天凝望中透出几分飘逸的神情。他左手持一根跋山涉水用的木杖，右手高举刚刚书完"极边第一城"的毛笔，潇洒而不失狂放。这是中国历史上最牛气的旅行家，也是最值得尊敬的旅行家。因为他除了不辞辛劳地游山玩水，还以一位地理学家和游记文学家的眼光，为历史记录下最真实、具体的细节，从而让明崇祯十二年的腾冲变得鲜活如初，为我们保留了历史长河中的"极边"之美。

腾冲，是一个有着无数秘密和故事的地方。

只要你用手轻轻掀开历史帷幄的一角，那些久远的往事便会弥散出动人的光影，带给你意外的惊喜。

……

现实中的腾冲，另有一番独特风采。

2017年11月14日，腾冲入选第五批全国文明城市。

文明城市，是指在全面建设小康社会中市民整体素质和城市文明程度较高的城市。全国文明城市称号，代表着中国内地城市整体文明水平的最高荣誉称号。腾冲，以它厚重的人文遗存和高素质的整体风貌，赢得了世界赞许的目光。

腾越文明之光，如一条流淌的精神河流，奔流不息。

# 目　录

卷首语：时光中的腾冲　/ 1

一、行走在"极边第一城"　/ 1

二、一部散落边地的汉书　/ 11

三、乡村文化与腾冲名人　/ 27

四、诗意弥漫的腾越大地　/ 45

五、行走于侨乡和顺　/ 68

六、一条流淌的精神河流　/ 94

七、美丽事物的光与影　/ 115

八、腾越文明之光　/ 134

和平鸽

# 一、行走在"极边第一城"

时光中的事物

## 行走的禅意

关于行走，可以找到很多名人充满禅意的说法。

一行禅师说："所谓奇迹，就是在大地上安然地行走。"

他还说过："在我们周围，生命一直在爆发着奇迹。一杯水，一缕

阳光，一片树叶，一只毛毛虫，一朵花，一声笑，几颗雨滴。如果你生活在正念当中，你就会很容易到处看到这样的奇迹。"

在大地上行走，或许就是为了去发现大自然的奇迹。

云南是一片非常适合行走的地域，起伏多变的高原，多姿多彩的民族，五彩缤纷的风景，如同远方的幻影，吸引着蜗居城市的我。很多个夜晚，在书桌前面想象着高原的姿态，让心灵飘向自由的天空，作一场充满魅惑的舞蹈。或者在花瓶里插满云南特有的七色玫瑰，让灵魂浸入浓郁花香所营造的氛围中，开始一场想象力之旅……

迈步行走，腾冲是个不应该错过之地。

因为腾冲是个很好的地方，想去那里的人内心都会怀有不同的期望。

一、行走在"极边第一城"

一位朋友告诉我,他最想看的是和顺。想看看那里的人民是否真的像崔永元说的,把牛放到山上,就到图书馆看书了。还想看看,是否能在和顺找到回归家园的感觉,让疲惫的心灵放松一下。他说还准备在和顺的小河边,燃一支烟静静地发呆。然后沿着和顺的小巷慢慢转悠,去追寻历史的足迹,倾听一代代和顺创业者心灵的脉动。

另一位朋友说,她最想看的是腾冲的乡村,想亲自在田野里欣赏白鹭与人共舞的美丽景色;想看看那些与土地相亲相爱的人们,是如何用双手创造着全新的生活。

还有一位朋友说她想在秋天去腾冲,去看江东银杏林的自然奇观,亲自体验腾冲人如何诗意地在大地上生存。单是想象一下,进入村庄便能步入漫天飞舞的黄蝶中,遁入庄周梦蝶的迷人景观,辨不清我是我,

北海湿地的鸢尾花

还是蝶是我的奇境,就令人无比地期待。

　　有人想去北海湿地,感受人在草坪上顺水漂浮的奇境。如果是春季到来,还可以在湿地草坪上欣赏到蓝色鸢尾花清雅的意境,背诵着舒婷《会唱歌的鸢尾花》中的诗句,看那些蓝色的花瓣在天水之间幻化成一片蓝色的蝴蝶飞舞。

　　有人说想去滇西抗战博物馆,感受远去的战火硝烟和一代男儿的铮铮铁骨。然后还要到国殇墓园,在为保家卫国而捐躯的远征军墓地献上一束金色的菊花。

　　……

　　这就是腾冲的魅力,可以满足四面八方的人多角度视野的审美需求。只要你来,便可以获得一份期待中的愉悦,为心灵寻找到期待已

**国殇墓园**

的故乡。

法国哲学家弗里德里克·格鲁说过："行走，能给人带来滞缓的自由，让人卸下生活的重担。"自由对我们来说，是个奢侈的词语。过多的物质追求、停不下的欲望需求，幻化成生活的种种负重让我们失去心灵的自由。在大地上行走，就是一个寻回自由的过程。

腾冲是个自由的地方，也是个奇妙的地方。

地处极边，却获得了大自然的慷慨馈赠，这是腾越大地的幸运。

上天似乎格外垂怜这块土地，赐予它那么多独特的自然美景。峰峦拔地，云峰参天，高黎贡如同起伏的巨龙守护着大地和它的生民，七十余座火山锥的耸立更为腾越大地平添异彩。打鹰山、空山、马鞍山，每一座都是一个千万年沉睡的谜。数十个云南特有的坝子，如同明珠点缀大地，乡村则是坝子的冠冕，是人类生存最诗意的影像……

腾冲的美好就在于，它丰富的内涵如同大地一样博大深沉，什么时候都不会让远道而来的你失望。

## 腾冲的魅力

腾冲真的是个值得认真行走的地方。

只是它的丰富内涵是需要细细品味才能体味得到的，如若只是走马观花，便会错过很多如诗的风景。腾冲也是一个经得住品味的地方，驻足于它的身旁便会有诸多的收获，满足我们对窗外远方的无尽渴望。

腾冲的美好，在于它能让人找到回归家园的感觉。

到腾冲不能不到和顺。7月，我第四次来到腾冲时正好赶上雨季，细雨在天地间织起了一张细密的网，迷蒙了大地上的景物，也迷蒙了游人的心灵。和顺的荷田长势正好，真正是花盛叶茂。在细雨的洗礼下更见荷叶如盖，荷花如诗，和不远处的村庄相谐成画，令人一时分不清现实和梦境。

其实城市公园里也可以赏到荷的,只是多了些市声的嘈杂与空间的逼仄。现在和顺的荷田犹如一幅铺展开来的国画,可以让人品味到空旷与自由之美。田野里飞起的几只白鹇,农人荷锄走过田埂的身影,更为这幅画增添了几分人间烟火味。

我们在内心深处期望的故乡,就应该是这个样子,简洁而朴素,纯净而安宁。

于是突然之间明白了自己为什么总是对腾冲怀有一份念想,为什么来了还想再来。而不是像去某些风景区旅游,去了不过是"到此一游",挥手拜拜之后便不会再有任何瓜葛。人和一个地方的关系,冥冥中也是有缘分一说的。

腾冲当得起一个"好"字。

它确实是一个可以让人一去再去的好地方,能盛放下我们在城市的楼群中放飞的所有关于田园牧歌、和平安宁生活的梦想,也是一块适合圆梦、造梦的福地。

腾冲因为有了和顺,便和许许多多的人结下了一份难解之缘。虽然不是生身之地,却可以安放心灵,放飞梦想。此时在荷田边漫步的大多是和我一般,从天南地北而来的游客。此时站在这片辽阔的荷田边,一时似乎都放下了人生旅程的重负,拾取了一份闲适安宁的心境。人的目光会变得散淡而清纯,脸上渐渐漾起一丝童稚般的浅浅笑意。

如果愿意,还可顺着长长的田埂而去,走进烟雨迷蒙中,体味腾冲乡村人家和平宁静的生活。走近那些精致典雅的村落,你会看到它们在外形上和内地江南、徽派的建筑有异曲同工之妙,屋檐飞扬、雕饰精致,院墙于洒脱中透出秀美之韵,汉文化的气韵无所不在地弥漫于腾冲的乡村。每一户人家都有自己的五福堂,供奉着祖先的灵魂;每一座祠堂都是一脉香火的沿袭,让人形象地感受到文化的传承如此生动。

腾冲的美好就在于,它让你体会到有"根"可寻的实在,不再是飘浮的浮萍。

## 腾冲的风骨

如果以为腾冲只是个适合花前月下、休闲放松的地方，那说明你还没有真正走入它的精神深处，品味到它独特的神韵。

腾冲的魅力，还体现在这是一个有风骨的城市。

且不说它有漫长如江河的历史，单是一段惊天地泣鬼神的抗战史，便足以让人体会到这座边地小城的与众不同。所以要品味腾冲的神韵，不能不去滇西抗战纪念馆。几年前我来腾冲时，这里正在大兴土木。当地朋友郑重地说，这里将要建成全省最大的抗战纪念馆。现在一看建筑的外形便有庄严肃穆之感，进入大厅则瞬间便被深深地震撼了，几千顶远征军的钢盔排列出的阵形，一下子把人带入战争的氛围中，似乎每顶钢盔下面都站着一个不死的灵魂，庄严地凝望着每一个进入纪念馆的人。

此时才明白，爱国何需说教！当你进入这个大厅的那一刻，一种崇高庄严的气韵已经悄然弥漫于身心，作为一个中国人的骄傲与悲壮，作为一个和平时代的人所深怀的内疚与敬仰，化作一支清悠的乐曲，自然地从心底流淌而出。

2011年9月正式开工，2013年8月15日正式开馆。占地22亩，总建筑面积9492平方米，一段充满民族血泪的历史浓缩于这里。

里面陈列的88000多件文物，每一件都凝聚着征集者的心血，每一件都让参观者血脉偾张，泪水盈眶。在国家危难的时刻，一群热血男儿抛家舍业，毅然投身民族救国大业，用生命谱写了一曲感天动地的战争神曲，也为后来者留下了永远的怀念与敬仰。

这是腾冲的骄傲，更是中国人的骄傲！

隔壁的国殇墓园，我也是第四次来到这里。每一次来腾冲，都要来这里祭拜英烈，才能感觉到腾冲之行的圆满。里面绿草如茵，松柏常青，草地上散落的人物雕像不时会带给人穿越时空的感觉，让人明白历史并非虚空的云烟，而是众多人用生命谱写的沉重一页。

里面的人物造型显然是建设者精心选择过的，有并肩而立的盟军将军，有长衫飘飘的抗日县长，有以身殉国的乡村绅士，也有为修筑滇缅公路而献身的无名民众……正是他们的牺牲奉献，共同构筑了一部伟大的滇西抗战历史。

国殇墓园位于腾冲市区西南的叠水河畔小团坡下，占地80余亩。它落成的时间和名称都颇引人深思。1945年7月7日，卢沟桥事变8周年纪念日，国殇墓园正式修建落成，辛亥革命元老李根源先生取楚辞"国殇"篇名，将这座烈士陵园命名为"国殇墓园"，里面掩埋了8000多名滇西抗战中为国捐躯的烈士。

要知道此时战争刚刚结束，腾冲还是一座焦土之城，每一块瓦片上都有弹孔，每一片树叶都被洞穿，民众经历了历史上最大的痛苦与灾难。但战争结束之后，腾冲人没有忘记那些为国捐躯的勇士，很快便选择了小团坡下的这片土地为烈士们的长眠之地。这里离县城不远，风景秀丽。也许建造者的初衷正是为了让英烈们可以近距离地守望这座他们为之献出生命的城市，可以遥望人间永远的和平与安宁。

腾冲人的高大，就在于他们懂得感恩，有长远的目光和广阔的胸怀。

在里面走一走，默诵着屈原的诗句"身既死兮神以灵，子魂魄兮为鬼雄"，让思绪进入历史的通道，为精神增添些钙质，这是腾冲之行最深沉的收获。

铭记历史，才会更好地热爱外面那个火热的世界。当我们为现实中的问题和欲望而心绪烦乱之时，想想那些年轻的灵魂，也许会平静许多。他们来到这个世界的使命似乎就是为了牺牲和奉献。他们当年期望的，正是今天我们拥有的。

出得墓园，发现雨停之后阳光从云的缝隙里露了出来。被阳光照耀着的腾冲真的是一座很美丽的城市。历史和现实交相错落，丰富的文化底蕴为现实平添丰采。

腾冲，当得起"全国文明城市"的称号。

## "吾心安处是故乡"

　　腾冲的魅力是多元的，需要用心细细去品味。

　　一旦与腾冲结了缘，心灵便有了某种依托，也有了某种牵挂。每一次来到这里，都有回乡般的亲切与感动。"吾心安处是故乡"，这样的地方不多。

　　上一次来到北海湿地，正好遇见鸢尾花开，尽情领略了一回仙境般的画境与诗意。这一回却是冒着细雨在水草中穿行，看山与云的倒影在水中飘浮，恍然间美如梦境。不远处几头水牛安然吃草，几只小鸟停在牛背梳理羽毛，以青山绿水为背景。一时间把游人看得呆了，忘记按下手中的快门，好似希望自己也变成牧童，化进景中。

　　来过几次和顺，上次还在一个叫"号里头"的客栈住了一周，在那些如蛛网般的巷道里漫游过数回，便感觉这里的一切都是亲切的。这回只是匆匆一游，心灵却是无比地安然，有旧友重逢般的随意与自得。卖松花糕的老人，身影依旧，用热情的口吻招呼着游客："吃一块松花糕吧，有山上松毛的清香呢！"洗衣亭边的水波依然流淌，洗衣妇的身影却不知早已经换了几代，唯有多情的传说随风流传。

　　只要你有足够的时间，腾冲便可以为你铺展出广阔的画卷，满足你心灵的需求。可以去火山热海，在水雾的氤氲中进入仙境，想象这里是仙池瑶台。可以去一个名叫界头的地方，看南国的麦浪翻滚出北国的风姿，还可以站在田野瞻仰高黎贡山雄伟的身影，听当地人讲述关于抗战的一场惊天动地的"云中之战"。如果心诚，还能找到一二个硕果仅存的抗战老兵，听他用颤颤抖抖的声音给你讲述他亲身经历的抗战。单是他脸上刀凿般的皱纹，就足以让你领略到什么是岁月沧桑中的"活化石"。

　　看风景看累了，就回到现实去逛逛玉石市场，在那些发光的石头之间徜徉，让欲望和理智、金钱和梦想来一场无声的搏击。如果有当地的朋友，请他们带你去赶早市，那里的玉石像白菜一样堆着卖呢，但也考验着你的眼光和品位。

……

虽然我们还得从梦境中抽身，重回旧日的生活轨道，但是因为有了腾冲这扇窗，便可以在夜深人静之时，放飞心灵的风筝，让它一路飘摇回到故乡，去寻回安宁平和的心境。腾冲的好，在于它会带给你一份永远温润心灵的记忆。想起它，如同品一杯清茶，听一首悠扬的民乐，思绪便会化成几只白鹇，扑棱棱地起飞了。

古人说"吾心安处是故乡"，是否也可以说吾心动处是故乡呢！

腾冲真是个极好的地方。

远眺高黎贡

# 二、一部散落边地的汉书

## 极边之城的秘密

除了是中国的极边之地，在云南这个多民族省份，腾冲还是汉文化保持得最完整的地方之一，有人形象地称之为"一部散落边地的汉书"。

确实，这里和云南的很多地方不同，它所展示给旅行者的，不是浓郁的民族风情，而是和内地汉文化一脉相承的共性。这让一些初到腾冲的人会略感诧异，因为很多人以为民族特色是云南的主要特色。不料千里迢迢来到这块极边之地后，进入视野的无论是城乡的建筑，还是文化艺术的特色，竟然和内地有那么多相通、相似之处。比如，这里可以看到具有江南水乡和徽派特色完美结合的古镇，还可以找到西式建筑的身影；这里能欣

皮影

赏到优美的洞经音乐，从中感受江南丝竹的魅力；这里可以看到内地一些地方已经失传的皮影戏表演；如果赶上年节，这里还可以欣赏到龙灯、舞狮、花灯，让人恍然有走进江南之地的幻觉。

但是，要知道，这里并非江南，而是彩云之南的"极边"。

腾冲距离省会昆明650公里，距离首都北京就更加遥远了，大约有3434公里，是远离文化中心的地地道道的"极边之地"。古代到京城赶考的学子，往往要走上几个月才能到达中国政治、文化的中心，所以筹措旅程费用也是赶考之前的一件大事。

那么汉文化是如何从内地飞越千里，在腾冲生根、开花、结果的呢？

这一切只能从历史中去寻找答案。掀开历史帷幄的一角，那些鲜活的面影便会从书页中浮现出来，向我们诉说腾冲历史上非常壮观的一幕。

在中国历史上，朱元璋称帝后的洪武年间是中国移民史上值得书写的一笔。

因为元末频繁的战争，导致国家人口急剧减少。战乱伤民，更伤国家的元气。所以从恢复、发展国家经济的战略上考虑，明代开始了大规模的移民行动。至今流传最广的两个移民之地，一是山西洪洞大槐树，一是南京柳树湾。前者的主要去向是山东一带，后者的去向则和云南有关。很多云南人的记忆中都保留着"南京柳树湾"这个和祖先来源有关系的地名，以及相关的许多传说。

移民，从大处说是国家发展战略的需要，从小处说，却浸透了一个个家庭迁徙的艰辛泪水，犹如把一棵棵树连根拔起，重新移栽。那是一个痛苦的过程。

回看历史，腾冲也是一块由移民构成的土地。但是因为其"极边"的地理特色，又和一般的移民工程有所不同。因为事关国家边关的大事，这里的移民采取的是"移军"的方式，由部队的将士组成迁移大军，浩浩荡荡开往彩云之南。

所以腾越移民身上负有双重任务：军垦和屯边。

二、一部散落边地的汉书

为了戍守国家的边关，大批将士从内地陆续迁移到腾冲。他们的来源非常广泛，浙、苏、皖、湖广、川、陕等地均有。因是军户，家眷也可随同迁移。于是，各地的文化、先进的农业技术、手工技艺也随同迁移的队伍一起，"飞"到了极边之地。

虽然历史不可重复，但通过相关的资料、传说可以想象得到，当年移军南下的壮观场面。在交通不便、地理遥远的时代，从内地的任何一个省份进入云南，都是一场艰难而漫长的跋涉。或沿长江南下，或从陆地由东西进。长路漫漫，旅途险要，行进的队伍见不到头，更有离乡背井、抛家舍业的悲切充塞于胸。云南崇山峻岭的险峻，滇西高黎贡山的雄伟，更平添几分迁移的悲壮。为了守卫国家的边关，这些军人和他们的家属做出了巨大的牺牲、贡献。从古到今，军人的牺牲岂止在疆场。

但同时，他们带来的中原文化，也为边地文化输入了新鲜的血液。随着他们的进入，腾越历史将掀开新的一页。牺牲和奉献，永远是中国军人肩上不变的承担。

因为是移军，所以和普通移民不同。速度快，时间短，在沿途所受的文化影响较小。所以，无数个村庄、家庭，差不多是连根移植到了腾冲这块极边之地，要在一块陌生的土地上重新落地生根。如今那些还叫"营""卫""所""屯"的地名，其实就是军屯留下的历史遗迹。腾冲儿歌中也有历史的记忆在回旋：

正月里，是新年，正古楼上扎兵练。

练兵、打仗，曾经是腾越人地上最常见的场景。

腾冲城肯定容纳不下源源进入的成千上万的士兵和家属，所以他们的根只能扎在极边之地广袤的原野，于是一个个奇特的村庄诞生了。口音南腔北调，习俗丰富多样，都和云南本土有着很大差异。中原正统汉文化的种子，跟随他们的身影越过万水千山，播撒在这块远离中原的边关沃土。

所以,称腾冲是汉文化的一块"飞"地,不无道理。

什么是文化?据统计,不同学科从不同角度给文化下的定义,据说不下于二百种。哲学、社会学、人类学、历史学、语言学、文学……都有对文化的阐述和定义。那些太专业的定义对大众来说没什么意义,那些定义合起来有如一个巨大的文字旋涡,掉进去就很难走出来。关于"文"就有很多种说法,关于"化"也有很多种解释。合起来的"文化"一词,一般指的是人类的物质创造和精神创造。

简洁地说,文化就是每个人从小习惯的生活,每个人记忆中永远不会磨灭的记忆。大一点如社会、家庭、地理环境,小一点就是生活的种种琐事和习俗。人在其中被某种习惯长期熏染,从而养成不同的习性。从世界地理的角度,有中西文化的差异;从中华地理的角度,有南北文化的对比。后来发展到一定的时期,"以文教化"的功用开始出现,文化对个体性情的陶冶、品德的教养功能越来越重视,对社会群体则有维持秩序、传承传统,整合、导向等方面的功能。

文化的成熟,也是人类进入文明时代的重要标志。

中国历史发展到明代,汉文化已经是一个非常成熟、完备的文化系统。那些为了守卫国家边关,从四面八方向着云南腾冲进发的军队和民众,不得不辞别家园故土、祖先栖息之地。他们唯一能带走的,只有文化。

此时的文化,除了心灵上铭刻下的关于家园的记忆,还有就是所能带走的种种技艺和生存方式。文化在他们心里,就是祖祖辈辈传承下来的生活和习俗。文化伴随着他们迁移的足迹,飞越千山万水,来到中国西南的极边重新落地生根,在学习借鉴中融合,开出了绚丽的文明之花。

也许在那些戍边将士的心里,永远固守着一个信念:生存的地域可以变,但祖宗之法不可变。在他们那里,含义丰富的华夏汉文化,被凝固成简洁质朴的四个字:"祖宗之法"。它们是祖祖辈辈生活经验的凝结,是文化传统的传承。

所以来自中原的移民们以一种近乎固执的态度,珍藏保留下了关于中原汉文化的记忆，和各自祖宗的来源。如今腾冲的很多人家，尤其是乡村人家，都还完整地保留着"家堂文化"。正中的五福堂供"天地君亲师"位，右边的奏善堂供土地或灶君牌位，左边的流芳堂书写的则是这个家庭的来源和姓氏，表达的是后人对祖先的尊敬与怀想，也是一个家庭的根之所在。"祖宗之法"，犹如一条涓涓细流，滋润着一代代移民后代的心灵。

你如果问到他们的来源，他们会郑重地说：

"我家祖上是四川的。"

"我家祖上是陕西的。"

"我家祖上是湖广的。"

……

"四川、陕西、湖广"，这些名称对一代代腾冲人而言，不仅仅是地理学意义上的存在，更是一个遥远的梦乡，一段永远不会褪色的记忆。它们以一种无形的魅力，把历史和现实永恒地联系在一起。它们让先人的身影和跋涉的足迹变得更加清晰明了。

当年对那些从中原富庶之地迁移到极边之地的军士们来说，因为可以携带家眷，多少减轻了一些思乡的痛苦；对腾越大地来说则因为他们的到来，开始了一段文化融合、文化提升的历史。这里原先定居的土著民族，有的在军队的威慑下步步后退，退居边远山区生存。有的受汉文化的影响，逐步接受文化同化，在民族生活中融合进了更多汉文化的内容。

一切都因为他们的到来悄然发生着变化。变，意味着时代的发展进步；变，意味着文化的交流、碰撞、融合。

不可否认，随着移军而来的中原汉文化进入腾冲之时，既有其强大的文化自信，也有对边地民族的俯视。除了承担屯军守边的重任外，还带有"用夏变夷之道"，所以，内地的氏族世系也开始在腾冲土地上生根开化。在民国《腾冲县志》中记载有不同姓氏的来源，比如腾冲"十二大姓"中的李姓主要来自南京、山东、四川及土著各籍；张姓主

要来自南京、江西、湖广各籍。他们都是在洪武年间入滇。

　　氏族观念是汉文化的主要内容之一，它代表着血统的来源和纯正。它在腾冲的延续，也是汉文化在极边之地播下的一粒种子。它使因为迁移而面临中断的血亲关系再次得到弥合与传承。中华民族是个重视建立传统的民族，传统就是"根"，是人存身于世界的基础。现在，传统的根文化也随着迁移者的脚步来到极边，重新植入一片古老的土地。氏族、宗祠开始在腾冲落脚，进行新一轮的繁衍。

　　翻开历史这部厚重的大书，很多隐藏的秘密便如同腾冲乡村田野中飞翔的白鹇，扇动翅膀扑棱棱飞出来，带给人无比的惊奇与意外。

　　这部散落边地的汉书，为极边之地的乡村带来了中原文化的厚重与丰富，带来了不同的生存方式和精神追求。这一切都为那些散落在腾越大地上的村庄增添了一层古朴庄重的色彩，所以走在远离中心的边地，却能处处感受到江南水乡的妩媚，小桥流水的优雅。农家小院那些洁白的院墙、飞翘的屋檐，更让人有恍若进入历史隧道的错觉。

　　当年那些移军移民的后代子孙，经过几百年时光的洗礼，已经和脚下这片土地建立了血肉相连的关系——由陌生的外来者变成了守土者，由东南西北的客人变成了极边之地的主人。经历了一次次战争的考验，一代代人的血泪肥沃了这块远离中原的边地。只有记忆的梦乡还保留着关于祖先的遥远故事，口音中还隐约留下几个固执的单词，作为对历史的纪念。腾冲人说"回了"，都说成"折了"，管枕头叫"靠脑"。这些简洁而颇有古汉语风格的词语，蕴含的是一代代移民子孙对另一片记忆中的故土的怀念。

　　腾冲人还喜欢修志。明清以来，8次修志，明代修4次，清代2次，民国年间修1次，20世纪80年代修1次。有人说这是文化发达的表现，是弘扬人文的标志，也是汉文化在腾冲繁荣发展的体现。其实，未尝不是移民后代对历史的执着。时间如雪泥鸿爪，稍纵即逝。"志"则可以用文字形式保留下一代代移民子孙的人生足迹，留住天地间光阴的一缕印痕，为后人进入"极边之地"留下一些佐证和怀想。

寸氏宗祠

在腾冲5845平方公里土地上，除了一座腾冲城外，遍布的是一个个如明珠般散落的乡村。在这块汉文化占主导地位的土地上，崇文重教，和谐、和顺，一片片田野铺展出大自然美丽的风光，一个个内涵丰富的古镇传承着华夏文明的风采。还有在中国堪称第一的和顺乡村图书馆，以及乡村文化培育出的诸多历史名人，为腾冲历史和现实的乡村增添了别致光彩。时间的光影如繁花过眼，而这些具象的存在，却让我们真切地感知到历史的真实与多情。

历史不再是冰冷的光影，而是可以轻轻抚摸的存在。

## 开放与包容的边地文化

腾冲在古代又叫腾越。这里虽然边远，却并不寂寞。

因为"极边"，所以和境外的联系便利，是西南陆地联系境外的

极边第一城
——时光中的腾冲

重要交通通道，也是东起古蜀都，西至印度，郡县相连、驿路相接的西南丝绸要道。通俗地说，就是古代蜀都通往身毒（印度）的道路。至今，昭通盐津县一个叫豆沙关的地方，还保留着秦开五尺道的历史遗迹，那里曾经是中原进入云南的重要通道。石板路上一个个大若碗状的马蹄印痕，让古丝绸之路在瞬间变得生动而具象，足以让后人放飞丰富的想象。

因为这条通道的存在，有人戏称云南为古老中国最早的"改革开放"前沿，而腾冲则应该是前沿的前沿。20世纪80年代，中国才全面开放的对外贸易、经济交流，那些曾经给人民生活带来极大变化的思路、措施，腾冲早在两千多年前就已经开始尝试。

交通便利，给一个地方带来的主要变化是经济文化的发达。

国外有俗语说"条条大路通罗马"，说明当年罗马的繁盛和中心地位。中国今天的乡村也到处可以见到"要想富，先修路"的标语。可见对交通作用的认识，中外相同。有路才能走出去，或者走进来，才能实现经济和文化的互动与交流。这个道理在古代的腾越大地上，早已经是人尽皆知的浅显知识。所以早在两千多年前，这块土地上就已经是多种文化的交汇之地。在历史的长河中，腾越大地上的文化交流一直没有停止过。

但无论如何变化，纯正的汉文化都是主体。同时也兼有南诏文化、东南亚文化和西洋文化，形成了云南西陲独具特色的边地文化。古代的腾越大地，是一个多种文化汇聚的通道。南来北往、东来西去，商业贸易给腾冲带来了如梦般的繁华。

曾经在西南历史上显赫一时的南诏国，离腾冲只有三百多公里的距离，它的影响不可能不渗透到这里。至今在腾冲城西约两公里处的西山坝，仍保留有南诏古城遗址。据考古学研究资料表明，这是一个曾经承载过繁华与梦想的城市。中心街道的路宽竟然达17米，全部用腾冲盛产的火山石铺就。城市建筑则是按唐宋建筑规格进行，临街而建，成片相连。可以想象南诏时代的腾冲如何繁华，马帮的驮铃声引来商贾云集，特殊的地理位置带来贸易的繁荣。虽然天高地远，但又与中原密不可分。

历史已经随风而去，只留下些如梦的传说。

但从南诏古城遗址发掘出的残瓦碎砖上，还是可以找寻到一些历史残梦的遗痕。单是房屋的瓦片、装饰就有很多南诏文化的意蕴，有字布纹瓦、牡丹纹瓦当、卷云纹滴水、莲瓣纹柱础、鱼纹脊饰等等，从它们的精致程度，从一个侧面见证了一种文化的高度。

东南亚文化和西洋文化在腾冲的影响，主要是通过近现代"走夷方"的侨民们从缅甸带回来，保留在生活、建筑方面，尤以侨乡和顺为盛。那些雕梁画栋的中式建筑中，突然闪出几扇西洋风格的门窗，或者一条西式风格的雕花栏杆，把不同风格的文化融汇一起，造成一种奇异的审美效果。那些深宅大院中的某一户人家，门后藏着一个巨大的铁质保险箱，主人会淡淡地告诉你：这是当年祖上从夷方用大象驮回来的。屋檐下挂着的一排马灯，是祖上从夷方经商带回的德国产品，一百多年历史了。这些看似细小的事物背后，隐藏的是一段辉煌的历史，或是一个传奇的故事，也是异域文化进入中国后留下的痕迹。

很多文化都曾经在这块土地上驻足，留下些斑驳的印痕。

互相学习、互相包容，这是文化繁荣的基本前提。几千年岁月如风，文化的交流中也有碰撞和较量，有退让和取代。和战争的武力相比，文化之间的较量是一场不动声色的持久战。待长长的时间之河流逝之后，那些曾经给腾冲带来繁荣的文化，只剩下些生动的传说，或留下几件古旧的文物，无声地诉说着一段段令人怀想的往事。

一页页历史翻过去之后，仍然是汉文化在腾冲占据着主要地位。

特别自明代以来，腾冲汉文化更是体现出和中原汉文化一脉相承的关系，保持了汉文化在极边的完整性。据民国《腾冲县志稿》载："腾冲氏族除土著外，其客籍则自明以来大多由于军籍，其次则为游宦服贾。"明代派兵部尚书王骥"三征麓川"的过程中，腾冲既是明军的战略基地，也是征战双方的争夺之地。战争给腾冲带来的既有破坏，也

有发展的机遇。它的交通要道之地的特色得到进一步彰显，也为它后来的发展奠定了重要基础。而因为战争而大量进入腾冲的军队、"游宦服贾"，则如同一股旋风，把中原汉文化的成果播撒在腾冲大地上，并让它开花、结果，代代相传。

也许是因为汉文化的博大深厚，也许是因为腾冲人对汉文化的情有独钟，总之，在以民族文化为主要特色的云南，腾冲成了一个独特的存在，它远离中原，远离国家的文化中心，彰显出的却是原汁原味的汉文化的内蕴。但似乎和内地的汉文化又略有不同，腾冲的汉文化更多了些开放、包容的风格。

海纳百川方为大，历史在腾冲文化中积淀下的底蕴实在是太丰富了。

腾冲的乡村，正是在这样的文化背景滋养下的乡村。

作为一个农业大国，从古到今中国的县城都只是一个有限的地域，和乡村之间有着千丝万缕的联系。所以，腾冲汉文化的开放与包容，在乡村文化中体现得更为生动具体。比如在腾冲的日子，我注意到这里的乡村大地上，佛寺、道观并立，儒、佛、道文化相生相谐，呈现出一种丰富、沉稳的精神气象。

腾冲境内的云峰山，既是滇西的名山，也是道教圣地。这里风景绝美，当地百姓称之为"仙山"。据《腾越厅志》载："三折云梯，城西百二十里，有云峰山，其峰秀如玉笋，绝似太华表之苍龙脊，两旁皆危崖峭壁，高不可攀……"难怪当年徐霞客云游到此后，曾在云峰山流连忘返，对这里美丽的景色赞不绝口。如今这里仍然游人如织，香火旺盛。

城郊来凤山下的来凤寺始建于南诏，大雄宝殿内佛坛上塑三世佛。左侧的白玉祖师殿供奉玉石祖师下和塑像，两侧墙壁上绘着关于"和氏璧"的历史传说，据说这在全国也是独一家。来凤寺是座名寺，也是座饱经沧桑的寺院。在清咸丰年间曾经毁于战火，抗日战争时期腾冲反攻战中经历炮火硝烟的考验，"文化大革命"中再次受到破坏，80年代后才重新修缮完备，成为人们安放心灵的所在。寺院内钟声清亮，香烟缭绕；正对大门处的空地上，一群锻炼身体的老人用录音机播放着通俗歌曲，跳起欢快的健身操。

宗教胜境和世俗生活之间，原来只有一线之隔，却和谐地共存于世。

在下绮罗的村口，一口废弃的古井有院墙围着，墙上还设有墙洞供奉菩萨。当地人说早先这里一直是有香火的，如今装了自来水才渐渐废弃不用了。这种行为叫"迷信"。如果退回到传统文化的基础上，敬神是为了保持对神灵的一种敬畏之心，哪怕是一口水井，在乡村的思维中也是有灵性的，需要得到应有的敬重。

天地、自然、神灵、人类，在腾冲乡村的大地上各得其所。中国人赖以存身的儒道互补理念，在这里得到了完美的体现。

文化的包容共生在腾冲显得非常自然、和谐。这就是汉文化的博大底蕴在发挥作用，五千年的文明史所养成的厚重与深沉，犹如长江黄河的气势，足以包容天下的涓涓溪流。中原汉文化自古有正宗之名，统领着五千年华夏文明的进程。一旦随着历史的脚步全面进入腾冲这块"极边之地"后，不可避免地面临着如何和多种文化融合共处的选择。优胜劣汰，历史的结果证明，正是汉文化的博大内涵和先进性，为它在极边确立和保持着正宗的地位。也可以说在腾冲，汉文化始终处于领先之势。

## 文明、进步的乡村文化

乡村是腾冲大地上一道独特的景观。

四月，我们一行人来到高黎贡山脚下的江苴村时，乡村正展露出它明媚动人的一面。天蓝得如同被水洗过一般洁净，云朵不停变幻着魔幻般的图案。远处黛青色的高黎贡山脉如同一道屏障，守卫着田野、大地和安宁的生活。就是这座风光迷人的山脉，曾经一度被战争的炮火硝烟所笼罩，那么多卫国军人的血洒在它的身上，留下了许多动人的传说。战争，曾经让这片原本诗意的乡村沦入苦海。

而如今历史的传说都被大自然的安详宁静暂时遮蔽起来。山下农田里等待收获的麦子正呈现出金黄的色彩，风从麦田划过，荡起一片片连绵不息的涟漪，一直滚向天边，那景象十分动人心魄。油菜籽的籽粒在饱满、鼓胀，引人遐想。人类劳动创造的成果，为大自然增添了另一种风韵。那一场并不遥远的战争，那些为国抛洒热血的英烈们所期盼的，不正是眼下这一份宁静诗意的生活！

村庄是大地上不可缺少的事物，是农人安歇身体和灵魂的所在，也是生活在城市的人们心之向往的地方。现在它们隐藏在一片片树丛的绿荫之中，隐隐可见白墙红瓦，可闻鸡鸣狗吠。这让人不由想起孟浩然的诗："故人具鸡黍，邀我至田家。绿树村边合，青山郭外斜。开轩面场圃，把酒话桑麻……"安宁、恬静，天人合一，这是乡村诗意生活的最高境界。如今城市在现代化的目标诱惑下，正全力以赴地追求越来越高的楼层，越来越快的速度，人的心灵却越来越无所归依。只有站在乡村土地上的这一刻，心灵才有一种放松的感觉，一种回归的踏实。脚下的土地如此宽广厚重，可以承载起千百年的岁月流波，可以安抚因为奔波而疲惫的心灵，让人心生回家的亲切感觉。

无论田野还是村庄，都是人类诗意地生存的证明。

人类除了在大地上用劳动创造物

时光中的建筑

质存在，满足衣食住行的需求，还有精神上的追求和需要。如果一天劳作之余，还能在灯下读书作文，让书香之气弥漫在乡村的夜晚，那将是一种更令人向往的生活。一部分中国古代文人的理想就是：耕读相伴，知行合一。

中国是农耕大国，耕读文化是中国文化的优良传统。从陶渊明开始，乡村成了中国文人的退身之所。"耕"与"读"，既是理论与实践的统一，也是一种浪漫和诗意的人生理想。明末清初著名理学家张履祥对如何处理好二者的关系有独到的体会，他在《训子语》里说"读而废耕，饥寒交至；耕而废读，礼仪遂亡"。耕与读，是互补的关系。

中国古代儒、道两家的思想上一向有差异，一个主张出世，一个追求入世；但在很多时候二者却又形成互相补充的关系，并构成中国文化积极入世与顺应自然的矛盾统一。乡村，无形中成了统一这种矛盾关系的重要平台。达则兼济天下，穷则独善其身。大自然的淳朴生活，乡村的宁静祥和，成为中国知识分子坚守精神的最后领地。

在腾冲的大地上，散布着许多精致典雅的村落。它们在外形上和江南、徽派的建筑有异曲同工之妙，屋檐飞扬、雕饰精致，院墙于洒脱中透出秀美之韵。汉文化的气韵无所不在地弥漫于腾冲的乡村。与此同时，汉文化的精神也在乡村文人身上得到独到的张扬。

腾冲历史上的文化名人李根源、李曰垓、张问德……无一不是乡村文化土壤培育出的人才。虽然他们后来走出乡村，在更广阔的领域成就功业，但与乡村之间一直保持着密切的关系。至今在腾冲的乡村都还保留着他们的故居，见证着一段段无言的历史。

腾冲的乡村在历史上曾经是汉文化的重要传播之地。因为地理、历史、人才辈出等原因，极边之地的乡村文化，体现出与时代同步的先进态势。比如五四新文化运动、腾越起义、抗战、改革开放……都和乡村，和乡村的文人、民众有着密不可分的关系。

腾冲乡村文化之所以先进、发达，可以找到很多原因，比如：因为交通的便利，多种文化在此汇聚；因为商业发达，自由民主的思想也

随着商旅的足迹进入腾冲。所以,腾冲乡村形成了和其他地方的乡村不同的特色。在腾冲,乡村并不代表偏远落后,而是和时代、社会、先进文化之间保持着紧密的联系。

这应该也算是"极边之地"的乡村文化特色之一。

20世纪初发生的"腾越起义",就是最好的佐证。革命是时代的要求,如同浪潮滚滚而来,不可阻挡。但有意思的是,革命发生的时间却不是按从上而下的顺序,而是从"极边之地"的腾冲拉开序幕。1911年10月27日"腾越起义"在腾冲爆发,打响了云南辛亥革命的第一枪。五天后的10月30日,昆明爆发"重九起义",11月11日爆发"临安起义",全省各地纷纷响应,很快光复。

"腾越起义"促成"重九起义"提前举行,已经是个不争的事实。

而且"腾越起义"的酝酿、发生,和乡村有着密切关系。起义领导者张文光,出生于离腾冲城约两三公里的前董库村卧牛岗下,如今他的故居仍保留在此,虽然因为历经百年风雨而显出破败之像,院里长满萋萋荒草,但在革命发生时,这里却是"腾越起义"的策源地和历史的见证之所。年轻的革命志士们曾在此频繁出入,共商革命大计。革命成功后,张文光作为辛亥革命风云人物,曾经风光一时,前后担任过滇西军都督、云南军政府协都督、大理提督等职,当地民众称之为"张大帅""张军门"。1914年1月,他被刺身亡于硫黄塘温泉后,他的墓地就建在故乡的山岗上,是云南省重点文物保护单位。

五四新文化运动进入腾冲后,也曾在乡村结出硕果。

一批和顺乡的读书人,就曾在接受、宣传进步思想方面做出过贡献。著名的侨乡和顺如今已经名满天下,和它一起扬名于世的还有那座成立于1928年、全中国独一无二的乡村图书馆——和顺图书馆。

和顺在腾冲的乡村很有代表性。传统的耕读文化在这里开出了红硕的花朵,结出了丰硕的果实。早在1898年"戊戌变法"之后,这里的一些乡村读书人就发起成立了一个民间读书团体"咸兴社",希望能通过知识而"兼济天下",实现理想。他们通过侨商辗转海外,源源不

## 二、一部散落边地的汉书

断带回了一些颇有时代气息的作品。他们读严复的《天演论》，读邹容的《革命军》，也读《茶花女轶事》，为自己开启了一扇扇明亮的心窗。

其中尤以邹容的《革命军》最能激发、鼓舞理想和斗志，这位年轻的"革命军中马前卒"大声喊出："伟大绝伦之一目的，曰革命。巍巍哉！革命也。皇皇哉！革命也。"《革命军》被人称之为"震落皇冠的第一声惊雷"，在中国的近代革命史上留下了浓墨重彩的一笔。孙中山在追赠邹容为大将军的嘉奖令中赞其"当国民醉生梦死之时，独能著书立说，激发人心……"没有想到远离中国政治、文化中心的腾冲乡村，竟然也有一群和邹容志同道合的青年，他们身居极边之地而心怀天下大任。

这些书籍，如今仍然收藏于和顺图书馆内，成为历史的见证。

五四运动发生后，和顺读书人在"咸兴社"的基础上，成立"书报社"，海外的侨民们为之捐赠了大量图书资料。在这个基础上，1928年才有了"和顺图书馆"的诞生，并因为大文豪胡适为之题写馆名而名扬天下。

因为地处极边，还因为侨民与海外建立的种种联系，很多书报可以直接从缅甸进入腾冲，为乡村及时带来了内地的时代信息，所以在20世纪30年代，和顺图书馆还一度成为腾冲乃至滇西地区的"信息中心"。如今的腾冲人提起这件事，语气中仍然有掩藏不住的自豪之感。1934年，一位叫尹大典的归侨曾捐赠给图书馆一部自己装配的收音机。回到30年代的中国，无论在哪里，收音机都是个新鲜玩意儿。作为现代科技的新产品，它于20年代进入中国，1923年美国人在上海开始创办无线电公司，播送广播节目。1934年，收音机就进入腾冲乡村的生活。它所带来的不仅是现代科技的冲击，更是对时间和空间观念的改写。于是，一份重要而特殊的乡村民间报刊诞生了，它的名称今天听起来多少有点古怪：叫"和顺图书馆电讯三日刊"。

这份报刊虽然印刷简陋，主要由当地几位进步青年每晚守在收音机旁边收听新闻,再连夜记录、刻印后刊发。但是它的存在已经大大缩短了腾冲和世界的距离,内地的进步思想、重要新闻现在可以通过电波及时传到极边之地。尤其是在抗日战争期间,这份新闻刊物的作用更是重要,它及时把战争的动态、消息告之民众。据说,当年连保山一带的新闻来源都主要依靠"和顺图书馆电讯三日刊"提供。

乡村以它博大的胸怀,容纳着时代的风云际会,成就了一代代人追求进步的理想。

所以行走在历史厚重的腾越大地,可以感受到很多生动的景象:走笔之处俱是文明,落景之间全是书香。乡村文明和大地之间保持了最密切的水乳关系。大地是人类最慈爱的母亲,她以博大宽广的胸怀为人类奉献美丽的自然风光,让人类一代代生息繁衍,创造进步,绘制出人类存在最美丽的蓝图。

和平鸽

# 三、乡村文化与腾冲名人

## "崇文尚教"的腾越乡村

腾冲的乡村如同一块美丽的织锦，铺展在极边之地，它的魅力是独特而多元的。

除了优美自然的风光、先进文明的文化氛围，腾冲乡村还继承了中国汉文化"崇文尚教"的优良传统。自明代开始，腾冲修建了文庙（簧学、学宫），设立书院、社学、义学于城乡各地。据相关资料记载，腾冲明代考中进士3人，举人28人；清代考中进士2人，举人29人，岁进士2人，科贡生员69人。

古代教育"重在造士而不在造民"，到民国时期，教育观念有所改变，开始"造士与造民并重"（民国《腾冲县志稿》），教育之风更盛，措施更加完善。自清末起"遵照新章"，腾冲开始创办小学教育。至民国二十七年（1938年），全县共有完全小学50所，大多散布于乡间，乡绅捐资助学之风兴盛。尤其是"义学"的出现，以"教各乡之贫苦子弟"为目的，大力推进了乡村教育。

至民国年间，全县共有新老义学近70堂。

读书才能改变命运，读书才能做国家栋梁。这样的大道理在乡村童谣中，化成了生动形象的表述："小小读书要用心，你咯认得书中有黄金。书似黄金真金贵，高点明灯下苦心。……读书好似高飞鸟，你要努力做栋梁。"

重视教育，在腾冲的乡村大地上已经是一种基本的共识。

最为难得的是那些因为"走夷方"而发财致富的商人们，他们中的一些人把自己财富的一部分用于回报故乡，给予了腾冲的近代教育发展很大的帮助和推进。学校教育的普及，使腾冲的乡村和现代文明之间具备了更紧密的联系。书香、文墨为乡村增添了独特的韵味，各类人才也如春笋般涌现。

文化土壤深厚的腾越大地，曾经养育了一代代政治、文化、教育、商业等方面的人才。他们的事迹、名望，为乡村增添了特殊的人文魅力。

如今的腾冲乡村教育，在继承传统的基础上也有新的发展进步，一些关心热爱乡村教育的人正以各种方式为乡村人才培养贡献力量。比如"雪佛兰红粉笔乡村教育计划"，就是一个听起来很有特色的计划，"红粉笔"更是带给人温馨之感。它由《21世纪经济报道》和中国青少年社会服务中心联合主办，并得到了一些企业的支持和赞助，致力于为中国的乡村教育提供志愿者服务，在乡村推广素质教育。2008年4月，这个组织的志愿者就来到了腾冲界头乡中心小学、小河小学。他们带来的除了对乡村教育的热爱，还有"素质教育，启迪心智"的教育理念，以及一些有趣的课程。

从腾冲走出去的香港著名企业家伍集成先生，对腾冲的乡村教育也投入了很大支持。"香港伍集成文化基金会"每年举办的"乡村小学骨干教师培训班"就为腾冲乡村的师资培训提供了有力的帮助和支持。

在一个重视教育的时代，腾冲的乡村教育正以丰富多样的形式健康发展。除了政府的关心重视，社会各界的力量也是推进乡村教育的重要动力。教育不是一时一地的事，而是全社会的责任和义务。乡村教育更是国家教育体系中一个重要的环节，是改变乡村面貌，推进乡村文化发展的重要手段，这已经是全社会的共识。

在乡村教育的发展历程中，人才培养是一个重要的目标。"十年树木，百年树人"，"教育兴，则人才兴"，人才是教育的成果，也是后来者学习的榜样。

腾冲的乡村教育，就曾经培育了很多对国家民族有用的人才。

尤其是那些在乡村大地上成长起来的文化人，他们在中国传统文化所崇尚的"仁、义、礼、智、信"的信条中成长，深受"齐家、治国、平天下"观念的影响，都能做到"达则兼济天下，穷则独善其身"。他们是乡村文化的"民智资源"。无论岁月如何流逝，在腾冲历史的天幕上，他们的身影都会闪烁出动人的光彩。

故乡养育了他们的生命，赐予了他们精神的源泉，他们也为故乡赢得了至高荣誉。

## 民国元老李根源

李根源（1879—1965年），1879年6月6日出生于腾越九保（九保原属腾冲，1956年后划归梁河县），字印泉、养溪、雪生，别署高黎贡山人。

作为我国"民主革命的先驱者""云南辛亥起义的名将"，他对历史的影响早已经超越腾越大地，远远扩大到滇西、云南。从日本留学归来后，任云南陆军讲武堂监督兼步兵科教官，旋升总办。昆明"重九起义"成功后，他曾在云南军政府中担任军政总长兼参议院院长，继而任云南陆军第二师师长兼迤西国民军总司令。后又于黎元洪政府中任陕西省省长、农商总长和署理国务总理等要职。

文化方面，李根源对故乡也有重要贡献，曾辑录、编纂、重刻了十余种滇人的重要著作，著有《曲石文录》《曲石诗录》《景邃堂题跋》《雪生年录》等作品集。抗战期间还编纂了《永昌府文征》，为光大民族文化精华做出了重要贡献。

无论从政、从军、从文，李根源都堪称一代人杰。

远离国家中心的极边之地，竟然能培育出如此人才！

严格说来，李根源是出自军人世家。他的祖父李殿琼曾任龙陵千总,咸同间战死于"丫山之役";他的父亲李大茂是腾越镇中营千总管带和右营操兵,光绪末年因废营制被裁员回家。但是,李根源从小在乡村长大,家境并不富裕。他的母亲为了供他和弟弟读书,还需要亲自下地种菜、喂猪,甚至给人洗衣服。李根源兄弟读书之余,也要参加劳动、砍柴、放牛,以贴补家用。李根源的启蒙教育就是在乡村私塾内完成的,乡间的关帝庙、太平寺都曾是他求学所在,寺内僧人也曾做过他的老师。

十七岁后,李根源来到来凤书院求学,受业于光绪举人赵会楼。赵老师作为一代名儒,完全是按照儒家传统文化的标准来培育、塑造学生,入学后便赐之以"躬行刻苦,潜心讨究"八个大字为座右铭。"躬行"的内容所涉甚方,具体为"立志、谨行、习苦、尚名节、不喝酒、博学"。不仅如此,赵老师还要求学生身体力行,从洗衣做饭这样的小事做起,还不准穿丝绸衣服。好在以李根源此时的家境,丝绸衣服恐怕也是穿不起的。

事实证明,适度清贫的生活和严格的传统教育,不失为培育人才的前提条件。

李根源对自己的老师极为尊敬,某年春节过后,他曾备下礼物登门谢师,并请老师赐以训导之语。赵老师并不和学生讲客气,在李根源备好的锦笺上郑重写下一副对联:

不为圣贤,便为禽兽;
不问收获,但问耕耘。

写下此联,似乎觉得还不够劲,赵老师又将范仲淹《岳阳楼记》的名句"先天下之忧而忧,后天下之乐而乐"写成中堂赐予学生。前一副对联,要求的是修身养性。后面的中堂所书,是在教育学生,作为一名读书人,要把国家、民族的利益摆在首位,如果有机会,一定要为国家的前途、命运担忧分愁,要为天下人谋利益,吃苦在前,享受在后,

## 三、乡村文化与腾冲名人

忧国忧民，先人后己。赵老师还郑重地告诫李根源："汝奉此三十字，身体力行一生，学问事功无尽矣！"

有这样的老师，再赶上一个风云动荡的时代，何愁教不出一代人杰。

李根源有幸，遇上了一位以"齐家、治国、平天下"为理想的老师。赵老师也有幸，教到了一个可塑的栋梁之材。难怪多年功成名就之后，李根源还对当年读书受教的往事怀念在心，在一首《归九保》的诗中感慨："铅艜叠水先人居，水木清华好读书。"

传统儒家教育给予李根源的人格影响是巨大的，"齐家、治国、平天下"是他一生奉行的人生理想。民主革命时期"敢为人先"，站在时代潮头为人杰；抗战时期亲临前线襄助军务，一篇《告滇西父老书》青史流芳。而且，因为他的人生是从乡村大地上开始，和土地、民众有千丝万缕的联系，儒家的"民本"思想已经在他心里扎根，所以腾冲"光复"后，对民生疾苦有切身之感的李根源才会大胆向省主席龙云提出"减免腾龙田赋，以苏民困"。此举充分彰显了一个传统知识分子的良知。

在李根源轰轰烈烈的人生中，乡村始终是他人生旅途中的重要驿站，"独善其身"的退守之地。也许是青少年时期的乡村生活经验给他留下了深刻印象，也许是故乡腾冲乡村的美丽景色熏陶培养了他和大自然的亲密关系，每当时代需要之时，他都会勇敢登场"兼济天下"；而一旦因为种种原因抱负不能施展之时，他一定是选择回归乡村。

1923年，李根源因为反对曹锟贿选总统，愤而退出政坛隐居吴中。1927年，因为母亲去世，李根源遵中国传统文化的礼制，葬母于苏州吴县（现为吴中区）并为之守制。作为一代人杰，在遵守礼制方面，李根源同样丝毫不含糊，特地为母亲建立了祠堂，修了十余间平房，把最大的一间命名为"阙茔村舍"，所居之地也称之为"阙茔村"。这一段时间，远离政坛的李根源重拾和乡村的亲密关系，回归到自然的怀抱。他虽然居住于乡村，知识分子对文化的使命意识却始终未曾放弃。所

以，他曾在当地创办了一所"阙莹小学"，为乡间子弟求学提供方便；还在所居的小王山上连年植树达十万株之多，在山上开辟建造了有名的"松海十景"。1932年，在陶行知先生创办"新农村"行为的影响下，李根源还和友人一起在小王山一带开展过实验农村的活动，进行扫盲、改造环境等工作，和当地农民结下了非常友好的关系。因其对国家、社会的强烈责任感，即使退隐于山林，胸中仍然有家国，所以人称"山中宰相"。

1945年抗战胜利后，李根源辞去了云贵监察使之职，退隐于家乡腾冲。对乡村心怀念想的他，1946兴建私宅"叠园"时，选择的是城西大盈江畔的叠水河村。这里有"腾冲第一景"之称的叠水河瀑布，从百尺岩头飞流直下，形成了"不用弓弹花自散"的壮观景象。他在家潜心搞石刻《叠园集》，编书写史，又开始了传统知识分子心向往之的"耕读"人生。

乡村、大地，是李根源人生中的两个重要场景。进能兼济天下，退能独善其身，而且无论身居重任还是退隐乡村，他都从未忘记知识分子肩上承担的责任。能把中国传统文化的精髓化用得如此自如，不愧为一代英杰。

腾冲的乡村培育了李根源的人生，而李根源对历史做出的奉献，又为腾冲的乡村增添了特殊的魅力。时至今日，他位于九保村的祖居和位于叠水河村的"叠园"，仍然是腾冲乡村的一道人文景观，吸引游客目光的旅游胜地。

李根源和故乡是果实与大地的关系，是乡村人文精神结出的硕果。

## 李氏一门三俊杰

除了李根源这样和乡村关系密切的名人外，腾冲的乡村还曾经走出过许多可以青史留名的人物，他们的传说为乡村平添了一份人文韵味。

虽然乡村可能只是他们人生路上的一个驿站，但确实又和他们的人生有着不可分割的联系。作为一个有着几千年传统的农业大国，乡村一直是中国知识分子不可能绕开的存在。虽然近现代以来，随着城市的发展进步，革命活动大多在城市的空间展开，但知识分子和乡村的联系从来就没有中断，那里有他们祖先的根，和他们有着无法割舍的千丝万缕的精神联系。

比如，从腾冲乡村走出去的名人父子就有李曰垓及李生庄、艾思奇李生萱，这是腾冲诸多名人中比较独特的一个家族，每个人都在历史上有自己的贡献，留下了永远的传说。

李家祖上是蒙古后裔，明代起定

艾思奇故居

居腾冲。李曰垓的父亲是儒商出身，曾到缅甸经商从业，思想进步开明。所以，李家的孩子们能到省外甚至日本读书学习。到了李曰垓这一代开始习文从武，参与时代的浪潮。

作为父亲的李曰垓在历史上有文武兼备的"通才"之称，曾担任云南护国军第一军秘书长等要职，为声讨袁世凯复辟称帝，曾挥笔写下有名的《讨袁檄文》。其潇洒的文风、犀利的言辞，令此文在国内广为传颂，其中不乏"义师所指，戮在一人，元恶既除，勿有所问"，"昆仑山下，谁非黄帝子孙？逐鹿中原，合洗蚩尤兵甲"这样的名句。文章流传开来后，章太炎先生大为赞赏，称李曰垓为"天南一支笔"。

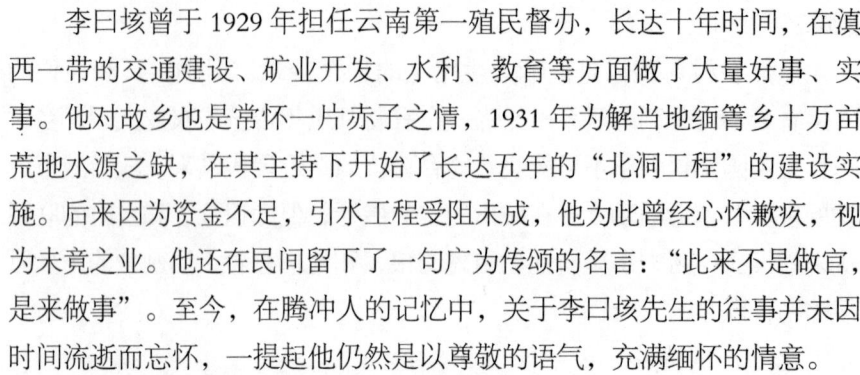

李日垓曾于1929年担任云南第一殖民督办,长达十年时间,在滇西一带的交通建设、矿业开发、水利、教育等方面做了大量好事、实事。他对故乡也是常怀一片赤子之情,1931年为解当地缅箐乡十万亩荒地水源之缺,在其主持下开始了长达五年的"北洞工程"的建设实施。后来因为资金不足,引水工程受阻未成,他为此曾经心怀歉疚,视为未竟之业。他还在民间留下了一句广为传颂的名言:"此来不是做官,是来做事"。至今,在腾冲人的记忆中,关于李日垓先生的往事并未因时间流逝而忘怀,一提起他仍然是以尊敬的语气,充满缅怀的情意。

李日垓的两个儿子长子李生庄和次子李生萱,在历史上也各有所长,在不同领域做出了自己的贡献。

长子李生庄早在五四时期就积极投身云南学生运动,秘密加入中共地下组织。1930年,李生庄随父亲回到故乡腾冲,出任云南第一殖边督办公署秘书兼和顺图书馆馆长。和艾思奇相比,李生庄在腾冲的时间更长,所做的事更多。而且因为深受新文化运动和父亲进步思想的影响,他做的很多事在腾冲历史上算得上是开创者,充满革新的时代精神。比如,他在当地首创女子中学,主张妇女"走出闺房,打出厨房,婚姻自由,争取妇女解放";开办简易师范,亲任校长;创办"土民小学",动员少数民族子女上学读书。1937年,李生庄创办腾冲历史上第一份报纸《腾越日报》,即使在沦陷期间也克服困难坚持出版发行,为腾冲和外界之间的沟通交流搭起一座信息的桥梁。

次子艾思奇,是著名的马克思主义哲学家。他于24岁写成的《大众哲学》,曾经是几代中国人进行哲学启蒙的教材,因此被誉为"哲学大众化第一人"。此外,他还有"人民哲学家"的美称,曾担任毛泽东的"哲学顾问"。艾思奇1910年出生于和顺乡水碓村,两岁便随父母到昆明生活。虽然故乡对他来说只有朦胧的记忆,但却是他永远不能忘怀的地方。1938年,他在给大哥李生庄的一封信中,曾透露了对故乡的愧疚之感:"在时代的洪流里,我尽我的全力做点儿比较更为大样的事,拿别方面的成绩来赎我不得尽责于家乡的过尤。"字里行间透出浓郁的赤子之情。

位于腾冲和顺乡水碓村的艾思奇故居,是游客到和顺旅游必去的一道人文景观。沿着元龙阁旁边的龙潭碧波一路上行,两旁树荫蔽日,翠竹夹道,上坡之后便可看到一幢中西合璧的四合院建筑——艾思奇纪念馆。在这栋楼房内,陈列着许多关于李曰垓父子平生事迹的图片和实物。站在花木繁盛的院子里,时间似乎有凝滞之感。那些曾经鲜活的生命,那些曾经灵动的思想和精神,难道都化作天上的白云,悠悠远去?带不走的是墙上那一张张凝固的面影,引人走进历史,生出无限遐思。

有人称他们父子为"李氏三俊杰",有人把李曰垓的五弟李曰基也算上,称之为"李氏一门四杰"。李曰基虽然没有像李曰垓父子那样广为人知,但也曾是云南陆军讲武堂学员,与朱德同学,参加过"重九起义""护国运动",是中共地下党早期领导人之一,而且在哲学、艺术方面造诣颇深。这是个人杰并出的家族。

无论他们走得多远,故乡永远是灵魂的最后归息之所。

站在艾思奇纪念馆前放眼四望,这里前临龙潭,遥对凤山,空旷辽远的乡村让人神清气爽,诗意顿生。山与水的灵秀养育了一代代杰出人才,不能不令人发出"人杰地灵"的感叹!

## 抗日县长张问德

张问德(1881—1957年),字崇仁,腾冲城关五街人,清末秀才,一代名士。

虽然他一直生活在县城,但是他晚年的经历和名声,却又和腾冲的乡村、大地密不可分。和中国历史上许许多多的县长不同,作为一位"临危受命"的县长,他为国家办公的地方不是在县衙高堂,而是在高黎贡山下的乡村小院。是特殊的时代和乡村大地成就了他晚年的事业,为他留下一世英名。

就是在他生活的那个时代，62岁的张问德先生也已经到了安卧高堂、颐养天年的时候。他也真的已经赋闲在家，过着悠闲散淡的文人生活，读书作文，含饴弄孙。照片上的张问德先生面容安详，气质儒雅，一副典型的中国读书人的神态。但是，他不幸生活于一个风云变幻而又动荡不安的时代，一切安闲的生活都将随着日本人入侵的脚步戛然而止。一个已过花甲之年的老人，注定被历史所选择，将要担当起沉重的任务。

1942年5月，292名异国侵略军的铁蹄踏破腾冲古旧的城门，腾冲沦陷了。守军和县长都置民众于不顾，跑得比兔子还快。62岁的张问德先生临危受命。

此时的张问德无论对国还是对家，都已经尽职尽责完成了许多大事。比如青年时代就中了秀才，后来担任过腾冲参议会议长。他也曾从军，但多是任文职，任过滇军五旅秘书、省政府秘书、省主席龙云的私人秘书，还在离腾冲不远的昌宁、凤庆做过县长。他的家庭也算得上完美，和一些旧式文人一样，也先后娶过好几房太太，养了一群孝顺的儿孙。总之，他的人生算得上丰富多彩，完美顺和。所以，在日本人到来之前，他是有资格在腾冲城内享受离休干部的待遇，安度晚年的。

是日本人破坏了张问德先生的好梦，也是日本人成就了他晚年的名节。

一位62岁的花甲老人，在战火燃到家门前的时候毅然挺身而出，这是什么精神？爱国主义的精神。张问德既是文人，又不是普通文人，而是经历过风雨见过世面，胸中有经世韬略的文人。所以，他与腾冲的一帮爱国士绅逃出县城，来到高黎贡山下一个名叫江苴的地方后，很快成立了临时县务委员会。一个月之后，他接到了云南省政府委任他做腾冲县长的委任。这是毫不含糊的临危受命，他所带领的其实是个流亡政府。

张问德堪称中国现代史上最奇特的县长。没有办理公务的县衙大堂，却兼有少将执法官的军职，以方便协调当地的抗日军政事务。他长须飘飘,手拄拐杖,身边经常带着一面国旗,奔走在腾北大地的乡村。面对一场在家门前展开的战争,只有乡村才是进退自如的战场,他带领乡村的民众做了很多抗日工作。作为一个中国传统式的文人,他对文化所能产生的精神作用非常执着。所以,在条件极简陋的乡村,他甚至带着人复办了《腾越日报》,既宣传抗日的相关内容,也向民众昭示抗日政府的存在。

和腾冲任何一个时期的县长相比,张问德都是最辛苦的一个。不仅因为他年事已高,还因为他没有固定的办公时间和地点。当城里的日军出来扫荡时,他和他的临时政府只能躲进深山密林,或者辗转于邻县借一块落脚之地。所以,他为后人留下了8次翻越高黎贡山的奇迹般的传说。

为了搜集写作素材,我曾来到高黎贡山下当年张问德先生落过脚的江苴一带采访,还和一群作家一起到了高黎贡山的进山路口"林家铺",在守林人小段的院子里喝了一杯热茶。但我们是坐着车上来的,一群人中只有女作家海男在10年前曾经有过翻越高黎贡山的经历。和战争年代相比,如今的高黎贡山满山绿荫,生态环境非常良好。但我觉得自己是没有勇气去实现翻越它的梦想的。它太雄伟壮观了,如同一条连绵的长龙起伏于滇西大地。我实在很难想象70年前,一位62岁的老人在国破家亡的时代,时时饥寒交迫,心力交瘁,竟然还能一次次翻越它的山脊,创造着时代的奇迹。

8次翻越,每一次都是一个奇迹,支撑张问德先生的是民族的力量和精神。读一读其诗《避风岩下有感》,便可从中感受到张问德内心的精神和力量:"老夫自幼不避风,雷打火烧腰不躬。避风岩前聚仇恨,跃马挺枪唱大风。"

当然,让张问德先生青史留名的,还是他那篇有名的《答田岛书》。

日本人盘踞在腾冲城里,抗日军民散布在腾冲广袤的乡村、原野,两边形成了对峙的状态。于是,日本守军的负责人田岛就想出了劝降的招,叫人写了一封信带给张问德,声称要就腾冲人民的生活和他这位县

长进行"坦诚的商谈"。

这在中国俗话中，是典型的黄鼠狼给鸡拜年，没安好心。张问德是何等样人，怎么可能会被侵略者一个小小的障眼术给蒙蔽。这倒是给他提供了一个发挥中国知识分子精神气节的绝好机会，憋在心里的气找到了一个宣泄的突破口。于是，在界头乡一户农家小院一间简陋的屋子里，张问德挥笔写下了那篇注定要流芳千古的《答田岛书》。

即便是在斥责、揭露对方的侵略行径，张问德的行文仍然保持着良好的修养，从容不迫，又饱含机锋，体现了一位深受中国传统文化熏陶的文人的教养。他口口声声称对方为"阁下"，而所谓"阁下"和他的同僚所干的却尽是不齿于人类的兽行。强占了中国的国土，给中国人民带来深重灾难的侵略者，竟然要和张县长谈"民生"？反讽之意不言而喻。这是强大的中国文化和厚重的民族精神的一次集中体现。信中满溢着浩然正气、民族气节，任何年代去读这封信，都有足以震撼心灵的精神在弥漫。

此信后来在国内多家报刊上刊载，张问德县长被陈诚誉为"全国沦陷区五百多个县县长之人杰楷模"，蒋介石称之为"富有正气的读书人"。

今天的腾冲人，同样把张问德视为精神的楷模。无论城乡，很少有人不知道他的大名和事迹。这无论对一个县长还是一介文人而言，都是最好的结局。

故乡的历史之页重重地铭刻下了他的名字，连乡村童谣中都留下了关于他的唱段：

> 张爷爷六十三，
> 六次翻越高黎贡山。
> 答田岛打鬼子，
> 答得田岛心发慌，
> 打得鬼子见阎王。

## 农民作家段培东

随着岁月的无情流逝，腾冲的名人大多安住在历史书页里，任后人随意翻阅。如今段培东先生也已经离开这个世界，在他家的一次相见便成了回忆。

记得那次我们一行作家专程去他家探望，段老老远就迎了出来，一脸热情，笑成花朵。1935年出生的他，虽然已经是奔八而去的老人，但也许是乡村的自然环境好，他的身体看起来还算健康。

他家离腾冲县城不远，位于城北小西乡的油灯庄，离城大约七八里地，是个依山傍水的所在。他家的两层楼房后面就是高高的山壁，当年他那个写小说的山洞就是在这道山壁上凿出来的，如今依然还在。山洞竟然比想象中还要狭小，仅容一人存身。他的滇西抗战长篇三部曲，就是在这样的山洞里，一笔一画写出来的。

段培东写作的山洞

段老身着一件蓝色西服，脸上染了些乡村的土褐色。我们感叹他满头尽是黑发，夸他年轻。他却幽默地说是因为听说我们要来，特意去染的。就算头发可以染，思维却是染不出来的，一开口说话就体现出他作家式的睿智，对往事有非常清晰的记忆，言谈中思维敏捷而灵动。这让我想起他的一段名言："吃

饭是为了活着,但活着不是为了吃饭。生命有两种形态,一种是燃烧,一种是腐朽。"

这是一个一生都在燃烧中追寻价值的生命。

之前关于他的报道,大多突出的是他"农民作家"的身份,让很多人误以为他只是一个土生土长、一夜成名的乡村作家。其实,他的人生,远比一个普通农民丰富复杂得多,和中国的历史、政治有着纠缠不清的关系。从不同的时间、角度去看,段老有着不同的身份。有人为他总结了几个称呼:军人老段、农民老段、作家老段、专家老段……

由此可以看出,段老的人生是丰富而多彩的。

说起往事,他坦言自幼家贫,曾经两代人没有房住。七岁的记忆中留下的就是关于战争的印象,百姓逃难的身影。段老有些激动地说:历史上中国百姓的苦难就是一部逃难史。当年的滇西反攻,就是因为无处可逃了。万里长城、滔滔黄河都挡不住侵略者入侵的脚步,但怒江防线却挡住了,创造了奇迹。

一说到战争,段老便有滔滔不绝的话语,很符合他"滇西抗战史研究专家"的身份。他说我们的抗战研究,不应该仅仅停留在对战争过程的探究上,着重应该研究的是战争中体现出来的民族精神。他说在童年的记忆中,有一个印象终生难忘。在那些拖儿带女脚步匆匆的逃难者队列中,有一位担担子的老先生,前面篮子里坐的是孩子,后面篮子里装的竟然是书。老人说,就算是逃难,也不能忘记读书,忘记祖宗!

这句话,让段老记了一辈子。

他的童年就是在战争的阴云笼罩下走过的,他也是"滇西大反攻"的亲历者和见证者。那些日子,小小的油灯庄里住满了抗日军队。八九月,谷子正扬花呢,村道上尽是难民的身影、支前啦啦队的身影,还有军人的身影。村小学里堆满了弹药,天上不时有美国人的轰炸机震耳地飞过,往腾冲城里投弹,家里的地皮都被震得发颤。段老还记得,开上前线的部队早上出去是三五百,晚上回来的只有三五十。都牺牲了,那

三、乡村文化与腾冲名人

么年轻的一些人。

村里的村民们不能参加战斗,就爬到山上观战。后来孩子们参加啦啦队,大人们帮着运送伤病员,是真正的全民抗战。

在段老不急不缓的讲述中,战争的幻象突然那么真实地浮现出来,让人气息都有些不均匀。他说他还亲自见过日本人呢,1943年占领腾冲的日本人曾经来到他家的村子里,端着刺刀进来的,满脸杀气。后来又见过,那是做了俘虏的日本人,手被铁丝串着,还拼命往庄稼地里跑,原来他们也怕死。

战争结束腾冲光复后,老百姓都主动到城里去慰问伤病员。段老的父亲还曾往家里背回过一个伤兵,在他家住了七八天。记得是个湖南兵,30多岁,嘴很能说,给当时的段培东讲了很多战斗故事。那个伤兵如果知道这个听他讲战斗故事的孩子将来会成为一名作家,用文学之笔记录下滇西抗战的历史,他一定会把自己知道的一切全都讲出来。

枪声炮声,是段老童年记忆中永远不会消失的杂音。他说从腾冲沦陷那天起,到腾冲光复,腾越大地上似乎从来就没有停止过枪声。

也许正是因为在

和段培东留影

战争的炮火硝烟里长大，天然地滋生了保家卫国的理想，新中国成立后刚刚满15岁的段培东参军离家，成了一名中国人民解放军战士。经过在昆明步兵学校学习后，刚刚22岁的他已经是十四集团军四十八师的一名少尉排长。在这里，他开始写作，并成了小有名气的军旅作家。

坚持用脑子思考，用文字说真话，是他一贯的创作原则。

1992年12月，身居乡村过着贫困生活的农民段培东，突然向世界捧出一部表现滇西抗战历史的长篇小说《剑扫风烟》，在文坛引起轰动。农民身份，加上写作环境的独特，在山壁上凿出一口非常浅的窑洞，就着煤油灯光写作，一时在读者和文坛传为佳话。人们感动、钦佩，对他和他的作品充满敬意。

此时的段培东已经年近知天命之年。

三年后的1995年10月，段培东另一部反映滇西抗战的长篇作品《松山大战》出版发行，再次引人注目。《剑扫风烟》和《松山大战》成了反映滇西抗战的代表作。一些当年抗战的老兵，买了他的书不是拿回去读，而是供在家里的供桌上，以告慰那些血洒疆场的战友。

段老说自己对抗战历史有一种无法推卸的责任，他还说起了生活中的一些"奇事"，一些和抗战有关系的老人，每次去找都能如约见到，而等到采访完毕不久，就会传来他们相继离世的消息，为此让他非常感慨，那些老人胸中的记忆，似乎专门等待着他去倾听记录，完成一桩历史的使命。一想到此，便不敢有丝毫的懈怠。

1996年，他的又一部反映滇西抗战的作品《怒水洪波》出版。

段培东成名了。1996年中央电视台在《地方台30分》栏目中播出以《老农段培东》为名的专题片。《东方时空·东方之子》播出他的专访。信息时代，媒体的力量是无穷的。一夜之间，全国观众记住了农民作家段培东的名字。

2005年10月4日，香港凤凰卫视以《一个农民作家的故事》为题播报了他的事迹，这一次段老的名声更是随着凤凰卫视的收视范围成了世界名人。

在成功的后面，是段老为历史、为文学付出的不为人知的艰辛，还有他作为一名中国人的历史责任感。年近八十的段老仍然保持着清醒的头脑，认真思考着战争、历史、文学的问题。他说只要身体条件允许，他还会写下去，为了故乡，为了历史。

告别之际，同去的女作家海男为了表达敬意，突然上前意外地给了段老一个大大的拥抱。段老有些措手不及，脸红了，现出些害羞的表情。

回首望去，段老还是一副农民的模样，背着手默默立于村道目送我们。

如今段老已经仙逝，他的身影却历历在目。

……

我在腾冲乡村的大地上行走时，总会感觉到一股厚重的人文气息在流淌。

一块土地如果只有美丽的自然风光，充其量可以被人称为美景。而如果有了人的足迹，有人的创造和坚守，才会彰显出精神的力量。腾冲的乡村是被传统文化浸润透了的乡村，自从明代移民进入之后，为它带来了中原文化的传统，也带来了汉文化的精神力量。

太平盛世这里处处飘逸着书香，人民安享"把酒话桑麻"的快乐。而在异族入侵的战争阴云笼罩下，这块土地则体现出了它的坚硬与厚重。大地上的河流是自然的存在，浸润于泥土之中的人文传统则是乡村的精神之脉，源远流长，经久不息，在时间的长河中闪烁出动人的光彩。

和腾冲乡村有关系的名人实在太多了，文中所述者不过是其中的几位代表，文、武、商、农，历朝历代、各行各业，都有许许多多人如同流星划过天宇，留下美丽的光影。乡村文化的魅力由此而生，由此而传。因为有了那些曾经在故乡大地上为家国、理想、事业而奋斗奔走的

身影，腾冲的乡村变得更加深厚而沉稳。

极边之地的乡村大地辽阔壮美，包容厚重。它养育万物，也在不同时代的感召下成长起一代代优秀的各类人才，形成一种优良的人文传统，一种勇于开拓创造的进取精神。

这正是它至美无边的魅力之所在。

# 四、诗意弥漫的腾越大地

## 乡村大地的艺术魅力

乡村是大地上最有诗意,最让人动心的存在。

和它相联系的都是朴素无华而又引人遐想的事物。比如早晚之间飘荡在屋宇之上的袅袅炊烟,牛羊归家的悠长叫声;比如园子里生长的菜蔬,村道上游戏的稚童,还有鸡鸣狗吠、鱼跃池塘。农人站在田埂期盼收获的身影,母亲倚门等待孩子归家的眼神,都为乡村涂上一层淳朴而诗意的色彩。

古往今来,多少文人骚客曾为乡村写下无尽诗篇。陶渊明的一句"采菊东篱下,悠然望南山",曾让无数人心向往之。乡村早已经成为心灵归隐的最好选择。

乡村不论南北东西,不分古往今来,有些事物已经在时间之流中积淀、升华为精神。它的简朴后面隐藏着的是追求自由的心性、与自然相亲相近的愿望。所以,那些久居城市被高楼大厦困住身心的人们一旦接近乡村,就会生出"久在樊笼里,复得返自然"的快乐。

乡村文化是人类创造的结晶,不同的地理环境、不同的民族生存方式,都会构成丰富多彩的文化,为脚下的大地增添多彩的诗意。

腾冲大地是大自然的慷慨馈赠,它有雄伟壮丽的自然美景,也有多元文化的交流共生。那些星星一样撒落于大地上的乡村,如果你仅仅是走马观花地看一看,收获的可能只是些美丽的光影,发出些悠长的感叹。而如果你能深入腾冲乡村的村庄、田野，进入农人的家园去感受、体验一下他们的生活，就会发现腾冲的乡村文化形态竟然如此丰富、多元。汉文化的深厚和包容使它在腾冲乡村始终处于主导地位，同时也和其他文化之间发生着奇妙而有趣的交流、融合，并结出丰硕的果实。

在腾冲采访时，据县文化馆前任馆长马守昌先生介绍，腾冲的民间文化艺术种类丰富多彩，单是汉族民间文艺形式就有洞经古乐、花灯、仙灯、鱼灯、茶灯、滇戏、皮影、扬琴、渔鼓、耍龙舞狮等等，此外还有佤族的清剧，傣族的嘎光、傣戏、麒麟舞等，傈僳族的"上刀山、下火海"表演及跳嘎、三弦舞……马老先生谈起这些民间艺术时面带光彩，如数家珍。他说每一种艺术后面都有一段生动的传说，记载着一段历史的影像。

腾冲的很多民间艺术，都是当年随着移军、移民的脚步进入极边之地的。

因为除了大队的军人，移民的队伍中还有商人、手工业者，甚至民间艺人的身影。军人可以携带家眷，同时也就带来了天南地北原汁原味的民间生活。陌生的地域，艰苦的环境，对那些千里迢迢而来的军人和家属们来说，民间艺术的保留意味着对故土的思念，它们可以唤起对遥远故乡的一缕温情，留存住最后一份关于故土的美好记忆。

于是，腾冲的民间艺术出现了特殊的繁荣状态。

每一种艺术形式，都是民间文化的产物，是无数民间艺术家心血的结晶。在现代化的科技娱乐形式没有出现之前的数百年时间中，这些艺术形式就成了乡村民众最喜爱的精神娱乐活动。尤其每当年节来临时，乡村的大地上弥漫着欢乐祥和的气氛，辛苦了一年的农人，终于可以安享几日清闲。这也是民间艺术最活跃的时候，看灯唱戏，走亲串友，孩子们的嬉戏打闹，把乡村带入一种狂欢的氛围。

那些在乡村长大，后来进入城市生活的中年人，每当回忆起年少时的乡村往事，都说最难忘记的就是过年过节的那份期盼与快乐。有一首流传很广的儿歌唱道："拉大锯，扯大锯，姥姥家里唱大戏。接姑娘，

四、诗意弥漫的腾越大地

请女婿,妈妈去,爸爸去,宝宝也要去。"在腾冲还要加上两句:"耍皮影、唱花灯",没有这两样活动,就找不到过年的感觉。

在漫长的岁月之河中,正是因为有了民间艺术的渗透,乡村生活被涂抹上了一层浪漫、温情的色彩。可是,腾冲的民间艺术形态为何如此丰富而多样呢?

让我们追根溯源,去看看它的发展过程和源头。

中原汉文化自从伴随移民的脚步"飞越"千山万水,在极边之地扎根之后,就在腾冲文化中一直居于主导地位,这已经是不争的事实。但是,古代的腾越大地上也曾生活着许多不同的原住民族群,在汉族移民大规模进入腾越之前,他们才是这块土地的主人,一直守望着这块远离中原文化中心的古老土地。

至今,腾冲仍然生活着多种民族,其中汉族、傣族、佤族、傈僳族、回族、阿昌族、白族七种民族是世居民族,还有一些后来迁入或者在文化、商业交流活动中进入的民族。但是,占主导地位的还是人口众多、文化深厚的汉族。各种民族在古老的土地上共同生息,各种文化在极边之地落地生根,互相学习、互相包容,盛开出绚丽的花朵。

有意思的是,在这里,各民族之间文化的互相学习并不依靠任何行政命令和手段,完全是一种生存和精神需求的自觉选择。在多种文化的交融过程中,几千年时间积淀传承下来的汉文化,它所包含的先进因素在极边之地绽放出美丽的花朵,其特殊的魅力吸引着不同民族的目光。它们互相学习交流,共同发展进步,已经成为腾冲乡村的一道动人景观。

距腾冲城二十多公里的荷花乡,就是一个典型的多民族文化交融共生之地。

这里主要生活着汉族、傣族、佤族,流传着许多独特的民族文化艺术。2000年6月,荷花乡被文化部(现为文化和旅游部)授予"中国民间特色艺术(农民画)之乡"称号,更为乡村增添了一层独特的意蕴。全国唯一的"佤族清戏"就诞生于此。它形象地印证着不同民族之

间文化的交流融合，在平等尊重的原则下，完全可以结出美丽的果实。

## 荷花乡的佤族清戏

来到荷花乡，当地人都会说起佤族清戏，说这是全国唯一的独特剧种。

刚刚听到这个名称时，我心里多少有些纳闷。佤族文化给人留下的印象，大多是民族风情、欢快的歌舞艺术，戏剧和佤族似乎没有什么关系？

荷花乡的甘蔗寨，确实是一个佤族的寨子。只是和我们印象中的佤族村寨有很大不同，没有期待中的民族风情，没有甩发扭胯的佤族民族歌舞，连村寨里男女老少身上的衣装，也和汉族没什么不同，嘴里说的是汉族的方言土语，寨子里供奉的是飞檐斗拱的"魁阁"，这可是汉文化中奎星的俗称，主管人间文运兴衰的神。

更让人感到惊奇的是，中原汉族的戏剧竟然飞过崇山峻岭，在这个佤族人的寨子落地生根，开出绚丽的清戏之花。这在全国的民族地区，都是一个罕见的文化个案。这也是近年来甘蔗寨吸引外界目光的重要原因。无数旅游者、文化学者都千里迢迢兴致勃勃地赶来腾冲，希望能一睹佤族清戏的风采。还有的专门来这里做田野调查，有的做民族文化研究，都希望从独特的个案中总结出可以推广的经验。

坦诚地说，这是一个已经在汉族文化同化下失去了佤族特色的村庄。但这同化不是一朝一夕之功，而是在漫长的历史岁月中，一种顺应自然的选择；是文化与文化之间交流、对峙之后的结果，也是两种文化交融后的互补。在民族学理论中，同化，尤其是文化的同化是一种值得研究的现象。某一群体被另一种文化同化的前提是，他们意识到所接受的文化优于自己的主体文化，于是在时间的流逝中开始逐步放弃自己的文化模式，开始学习同化者的文化。其实在我们生活的当今世界，所谓同化已经是不可阻挡的时代趋势和潮流。尤其文化的同化，每天都在以潜移默化的方式进行着。西方的"情人节""圣诞节"已经成为年青一代喜欢的节日。中国的文化也越来越为西方人所了解和接受。

甘蔗寨是个充满诗意的地名,它位于历史上的古丝绸之路中国境内末端,得名于村庄四周山坡上那些青纱帐一般绵延山野的甘蔗林,清风过处淡淡的甘甜之气弥漫山岗,引人遐思。这个特殊的地理位置,注定了它也是两种文化甚至多种文化的交汇之点。古代的马帮、行商行走于"蜀身毒道",都要从甘蔗林里穿行而过,要在甘蔗寨落脚打尖。这里曾经有过一条繁华的小街,散布着很多热闹的驿站。

在我们这些生活在现代科学技术包围之中的人眼中,马帮是个充满浪漫气息的存在。在铜铃声声的引领下,每天都可以行走于大地、山岭,与一片片陌生的风景相遇,有不可知的事物在远方等待。这是让蜗居城市的人无比心动的生活,所以如今一些城市的街巷里甚至悄然开起了以马帮命名的餐厅,以吸引各路食客的目光和想象。

而真实的历史却没有什么浪漫可言,伴随马帮的永远是旅途的劳顿和艰辛。"行行重行行",不停地在大地上行走才是他们生活的真实写照。所以,每天太阳下山后的落脚打尖,就成了一天中最让他们期盼的时刻。卸下行装坐在驿站的火塘边,喝一杯酽茶,唱几句戏文,似乎就可以暂时忘却人生的辛劳,进入一种忘我的境界。

这条路上常来常往的除了马帮,还有戍边的将士。他们也是把中原文化带入极边的重要使者。他们中间也许会有一些喜欢唱戏的人,从小在乡村的戏台下拾得的几句戏文,此时就成了思念故乡的安慰。戏如人生,人生如戏。除了饮酒,唱戏也可以浇浇胸中思乡的块垒,从戏文和唱腔中寻回些温馨的记忆。

所以有研究者提出"商路即戏路""军旅之路即戏路"的观点,确实不无道理。

还有一点,当时的甘蔗寨是"蜀身毒道"上的驿站,南来北往的除了行旅客商、守边将士,一定还会有卖艺的民间艺人的身影。他们是以天地为家的"吉普赛人",哪里有人的踪迹,哪里就会有他们的身

影。他们也可能是清戏的传播者。

诞生于中原的清戏，就是以这样一种特殊方式进入极边之地的佤族乡村的。种种传说都有可能，只是让人感到疑惑不解的是：为什么清戏选择了佤族？或者说为什么是佤族选择了清戏？这是一种无法说清的历史缘分。

一般认为清戏属于高腔，原生于湖北黄州一带。再往前追寻它的踪迹，又是于清代从安徽一带传入湖北后所形成。清戏的称呼最早见于清代，李调元《雨村剧话》中记载："弋腔始弋阳，即今高腔。……京谓'京腔'，粤俗谓之'高腔'，楚蜀之间谓之'清戏'。"

虽然在今天的楚剧中还能依稀听到它的腔调，但在中原一带，清戏已经失传是个不争的事实。它犹如一朵飘浮的云，竟然飞越遥远的时间和空间，来到西南边陲的佤族寨子落脚、生根。这实在是一个令人惊讶的奇迹。和哼唱一般的民间小调不同，清戏是一个有着完整声腔系统的剧种，要学习它应该有比较高的难度。就是在如今的佤族清戏中，仍然保持着大汉腔、四平腔、高腔、放腔、哭腔及清江引、下山虎、小桃红、柳叶青、哭相思等"九腔十三板"，没有三五年的工夫学戏，一般人是很难进入这个行当的。

所以说早在两百多年前，甘蔗寨佤族的汉化程度就已经很深了。他们对汉文化的学习领悟，在进入、接受清戏的过程中得到了更具体的证明。

两百多年前，甘蔗寨有一个充满传奇色彩的佤族头人叫李如楷。他生活的时间应该是19世纪中叶，关于他的事迹有很多传说流传，而且都和清戏有着分不清的关系。用今天的审美眼光来判断，这应该是一个有着比较高的艺术气质和艺术追求的佤族头人。他不但爱听戏，还迷上了清戏，发扬了清戏。即使生活在偏远的极边之地的乡村，他仍然以对艺术的热爱与执着，先是作为一个戏迷迷上了清戏，继而参与演出，在戏中亲自扮演角色，把自己从一个戏迷升华为票友。再后来他开始搜集、整理清戏剧本，一步步推动着这个剧种在边地的繁荣。

清戏能在甘蔗寨生根、开花，李如楷功不可没。

而且他的后人以一种和他同样的执着精神，把这个剧种一代代传了下来。在今天这个和谐稳定、重视文化建设的时代，佤族清戏迎来了新的机遇，被国务院批准为第二批国家级非物质文化遗产名录。李如楷的第五代孙李家显，因为有和他的先祖李如楷一样对艺术的执着坚守，被誉为"佤族农民戏剧家"，还被命名为"佤族清戏"国家级非物质文化遗产名录的代表性传承人。我在想，李如楷家族的血液中，一定潜藏着某种特殊的艺术气质，才会以如此的精神来完成对一个剧种的传承与坚守。到如今的清戏传人李家显，已经是李氏家族的第五代传人，经常要接待来自全国各地的专家学者、戏迷，成为他们研究探讨的对象，给他们一遍遍讲述关于清戏的传说，关于先祖李如楷痴迷清戏的往事。

到底是人成就了戏，还是戏成就了人，或者说二者之间更是一种互相成就的关系，这应该是个不需要争论的问题。

在传统戏剧领域，我们时常能听到并感动于某某剧种、某某流派的传人对艺术的坚守。那里面有对艺术精神的执着，也有职业的需求。而在甘蔗寨的李如楷家族，则纯粹出于对艺术的痴迷与热爱。因为唱戏并不是他们的职业，他们首先是作为农民生活在大地，需要辛勤耕耘才能生存。一年中，他们有大半时间将用于劳动、耕作，春种秋收。那些漫延于山野的甘蔗林就是他们劳动成果的一部分，剩下的一小半农闲时间，才能用于自己热爱的戏剧。他们需要不停地在农民和民间艺术家之间转换自己的身份。

关键是他们的执着与付出，为乡村带来了意想不到的艺术效应。

看戏、听戏已经是这里的乡民们难以割舍的一种爱好和追求。在两百多年的时间流逝中，清戏已经成为佤族，乃至周围各民族共同喜爱的民间艺术。每当年节来临时，或者每年庄稼收割后的季节，唱清戏、听清戏都已经成为当地乡民的一件大事，一种难得的享受。台上唱的都是传统的戏文，讲的是忠孝节义的故事。《三孝记》中的《安安送米》，《文龙赶考》中的《文龙辞妻》，《白鹤传》中的《和尚化斋》等折子

戏都是村民们耳熟能详的剧目。还有《姜姑刁嫂》《湘子渡妻》之类的故事,也同样引人入胜。

乡村简陋的戏台,也成了民间娱乐和道德教化的场所。

而且更让观众感到亲切的是台上的演员,他们都是平日里大家非常熟悉的大爹、大妈,兄长、姐妹。他们一起在田间地头劳作,一起在村口树下话家常,现在换上戏装,扎上头饰,随着悠扬的音乐伴奏,突然之间就成了戏文里的人物,演些感动人心的悲欢离合的故事。

这种生活和艺术的错位与转换,更能让观众为戏剧而着迷。

在电灯、电视、电影还没有出现的年代,清戏就成了甘蔗寨和四乡八里的村民们重要的精神娱乐,也是一种放不下的精神牵挂。据说多年前不远处的汪家寨、芒垒等几个佤族村寨,也曾经派出人来借抄剧本,学演清戏。

看戏不但是民间重要的娱乐方式,还可以明是非,知礼仪,让文化的传承过程变得自然轻松,如同春雨润物,细而无声。

戏如人生,人生如戏。由北至南飞越而来的清戏,让腾冲大地上辛苦劳作的农人们,可以有片刻时间放下人生沉重的负担,进入艺术的空间去放松灵魂,获得身心的愉悦。而居于腾冲火山台地上的佤族民众,也因为和清戏结下的历史之缘而引人瞩目。

各民族之间文化的学习、取舍,交流互动,在这里找到了很好的平台。清戏和佤族的结缘,也使这块"戏剧的活化石"在极边之地重放异彩。乡村的大地、原野,因为民间艺术的滋润,变得更加多姿多彩。在21世纪以来腾冲的文化交流、旅游经济开发等活动中,佤族清戏都是一个独特的艺术存在。

## 乡村农民画

在荷花乡,和佤族清戏一样引人注目的,还有各民族作者的农民画。

四、诗意弥漫的腾越大地

中国作为一个农业大国,农民一直是大地的主人,是和大自然关系最近最密切的一个重要群体。山明水秀的乡村,不仅养育人类赖以生存的万物,还以它的厚重与包容,培育着许许多多丰富多彩的乡村艺术。而每一种民间艺术的后面站着的都是人,只不过有人喜欢热闹,进入戏文唱出人生的悲欢;有人喜欢安静,用画笔画出心里对世界的审美。

乡村的民间艺术,犹如一个不可小觑的丰富宝藏。

乡村,铺展于大自然的怀抱,是人类与大自然生活得最近的一个群体。乡村的存在,本身就是一幅生动的图画。最能细致感知春夏秋冬、四时变换的,就是生活于大地上的农民。他们和大自然之间是一种相亲相爱、不可分离的关系。城里的艺术家们在创造艺术品作品之前,都需要背着画架带着画笔走出蜗居,到大自然的怀抱体验生活,寻找灵感。而那些生活于大地、原野的农民,他们每一天都生活于"生活"之中,他们的心灵深处天然地潜藏着艺术的灵气与质感,对色彩、线条、结构都有自己独到的领悟。

多年前,中国就出现过著名的上海金山、陕西户县(现为鄠邑区)农民画,他们的画作带给观者独特的审美体验,线条、色彩中透出原始艺术的力与美。

荷花乡农民画以傣族、佤族等少数民族作者居多,民族特征鲜明。

多年来,傣族、佤族农民画作者的作品《大队马群》《晒粮》《挖藕》《佤族新居》等获得了国家、省和市级少数民族画展优秀作品奖,并被收入《中国农民画优秀作品集》。

行走在荷花乡的田野间,大自然和民族风情相融汇而形成的独特景观扑入眼帘。山下多为傣族居住,一块块水田映着蓝天,一群群白鹭在天空下飞翔。村头村尾的大青树、凤尾竹绿荫笼罩,更为傣乡增添了无尽的清新与优美。如果你能在田野里多停留片刻,说不定还能捕捉到白鹭飞到水牛身上嬉戏的动人场景。

田间地头,到处能看到勤劳的傣家妇女荷锄担担的身影。孩子在

村外小河边打闹，飞扬的水花伴着童年的乐趣，引得路人驻足观看。

　　人与自然和谐相处，诗意地生存在一片美丽安详的土地上。山清水秀、风光如画这样的词虽然有些滥俗，但用在这里也还贴切。在这里举头看天，天上是纯洁得透明的湛蓝；低头看地，地上有小河潺潺，白鹭翩翩，鱼儿在水中欢跃，溅起溪水如练。

　　这样美丽的地方，是天然的诞生艺术作品的最好土壤。那些生于斯长于斯的农民画家们，虽然没有受过科班教育，没有美术大师的指导，但却每天面对青山绿水、诗情画意，血液中潜藏着的艺术情结在一个合适的时候会自然地体现出来。当他们迎着朝阳赶着牛下到田间，或者在炊烟气息中荷锄归来之时，一幅幅生意盎然的画作已经在胸中诞生。

　　因为身份，他们的画被冠之以"农民画"，沾了些土气。

　　也正是因为身份，他们的画保持了和大地、田野最亲密的关系。大地上所有最明亮动人的色彩、最朴素本色的事物，都在他们笔下得到了生动再现。观赏他们的画作，最让人感动的就是那种稚拙之美，一种返本归真的快乐洋溢于画面。

　　傣族"农民画传承人"郗发显的《穿牛鼻》，选择的表现对象是与农家生活关系密切的牛。蓝色的背景上，两位着短衣裤的傣族男人一人执牛头，一人拽牛尾，要把绳索从牛鼻中穿过。而不听话的牛前蹄高高扬起，牛头下抵，农家生活的气息扑面而来。在以蓝色为主的基调上，作者大胆运用了黄色、棕色、红色这些乡村的常见色调，明艳中透出纯朴，使作品呈现出浓郁的乡村风格。

　　同为傣族"农民画传承人"的贾明安画作《剽牛》，选择的则是以离傣族不远居住于山上的佤族的生活场景为表现对象。画面分为两个中心，右侧为一群赤裸上身，手握标枪正在剽牛的佤族汉子；左侧是一群长发飘飘，围着木鼓欢快起舞的佤族少女。画面以红、黄、黑三色为主体，生动传达了佤族节日狂欢的场景，给观者以强烈的艺术感染力。

　　傈僳族农民在绘画方面，也先后涌现了农民画传承人余海清、余生旺、余全发等人。他们创作的作品同样既有乡村生活的特色,又体现出鲜明的民族特色。有"傈僳族第一代画家"之称的余海清,20世纪80年代就创作了作品《上刀杆》,以本民族的传统节日为表现题材,在蓝天白云的背景下,傈僳族人民正在欢度"刀杆节"(傈僳语叫"阿堂得",意思是"爬刀节")。长长的刀杆架直指云霄,一群傈僳汉子正在摩拳擦掌准备赤足攀登刀杆,以表现大无畏的民族精神。画面色彩艳丽,民族生活气息浓郁,在首都北京展出时受到观者好评,后被党和国家领导人作为礼品赠给外宾。

农民画,画农民,这才是腾冲农民画的最大特点。

他们和那些每天在大地上四处转悠,有着漂亮画室的职业画家不同,他们首先是大地勤劳的耕者、绘者,要用粗糙的双手创造美好的生活,和大地上的事物结成亲密的同盟关系——耕种、收获,为大地描绘出动人的色彩。然后在夜晚来临或节假日的有限时间里,才能拾起画笔在画布上重现那些每天经历的生活和场景,展现出他们对生活的独特审美。

所以,只要用心去观赏就会发现,农民画家的画上流动着一种气息,那是大地的气息、泥土的气息,几乎每一幅画都和生活保持着密不可分的关系。余全发的《剥棕》,郜发显的《晒粮》,郜安宁的《祖传篾编》,晚明太的《挖藕》,邵曰学的《采香椿》……每一幅都是现实中生活场景的生动再现。这些画家的最大优势就在于,他们永远用不着为"体验生活"而发愁,因为他们自己的劳动创造,就是乡村生活的一部分。

腾冲的乡村是幸运的,在它土地上土生土长的这些农民画家,以自己的艺术才华和创造力,赋予故乡的土地、人物、事物艺术的生命,让它们以传神的姿态走出乡村,走向世界,为观者送去极边大地的精神气韵。

各民族农民画家,不但对农事生活有着熟练的表现,在他们的心灵深处,对乡村的美丽景色还有一份独特的审美。从《我的家乡》《白

鹭鸶》《曼陀罗花》《傣家织锦》等画作中可以感受到，他们要展现给观者的是对故乡、对大自然的热爱与赞美。那些翩翩飞翔在田野中的白鹭鸶，那些热烈盛开在村寨边的曼陀罗花，蕴含的是一种自由、浪漫的艺术精神。在乡村，人与自然和谐相处，天地之间流淌着纯朴的温情。

不受观念形式的制约，只听从于天地自然的引导，尊重内心对艺术的领悟，他们反倒获得了艺术创作的更大自由。时代、地域、民族的特色自然地从他们的笔端流泻出来，这是腾冲各民族农民画家和他们的艺术创作最可贵之处。

## 腾冲"灯影子"

皮影，是腾冲乡村的另一道独特景观。

当地人称之为"灯影子"、皮人戏。这两个称呼把皮影的特点生动地凸现出来。皮影，必须有灯的映照，所以在某种程度上它就是灯的影子，可又不只是一个简单的影子，而是附着了神性的富有魅力的影子。

皮影人物被称为"靠子"，他们需要在艺人的操作下展开故事，还需要利用灯光把它们的影子投射到幕布上，才能让观众欣赏到生动的故事。它的操作过程，相当于看一场"土电影"。但在我看来，远比放电影更复杂细致。先要精心制作每一个栩栩如生的"靠子"，而且生旦净末丑，样样齐全。表演时还要有人在幕后操控靠子，让它们"活"起来，让观众相信幕布上那个影子就是"杨家将""西游记""宝莲灯"中的人物。

这还不算，还要有人在幕后敲锣打鼓，用音乐和唱腔配合着皮人影子的表演。欢腾舞动的皮人影子投到幕布上，就成了故事，配上带有浓重腾冲方言的说唱，使腾冲皮影戏有了别样的韵味。本地人看着亲切，外地人看着热闹，都能从中各有所获。

看过皮影戏才知道，它真的可以说是一项浩大、烦琐的艺术工程。

腾冲皮影戏的特殊就在于，它是在一群农民手中代代传承，发扬光大。下地干活的时候，他们是一群地道的劳动者；站到幕布后面时，他们就成了乡村最受欢迎的艺术家。

在文化生活单调的时代，皮影曾和乡村几代人的成长密不可分，也是乡村年节狂欢之夜不可缺少的事物。在我认识的几位年至不惑的腾冲人中，几乎每个人都能说出些和皮影有关系的记忆。而且一提起皮影，他们脸上马上会漾起些天真快乐的表情。这让我惊异，原来那些看起来简单到只剩下一个剪影的皮人，竟然会给一个人的童年记忆留下如此深刻的印象。它似乎更像一个天真稚拙的梦。

皮影戏作为一种独特的民间艺术，源远流长，有自己的历史和谱系。

皮影戏的诞生已有一千多年，始于汉，兴于唐，盛于宋，这是一种说法。当代史学家顾颉刚教授认为，中国皮影戏之发源地为陕西，自周秦两汉及至隋唐，当皆以其地最盛。关于它的出现，还有一个和爱情有关的动人传说。汉武帝的宠妃李夫人染疾去世后，武帝非常思念她，日日忧伤。据《汉书·外戚传》记载："方士齐人少翁言能至其神"，其实是为了慰藉武帝而为李夫人"招魂"，于是就有了最早的"皮影"表演，在帐中张起灯烛，摆下酒席，让武帝在另一帐中遥遥观望。也有人说，李少翁其实是用棉帛制作成李夫人影像，涂上色彩，并在手脚处装上木杆。

这应该是关于皮影的最早传说，因为爱情的内容而染上了一层哀婉的色彩，但也在无意间揭示了皮影戏的本质：表演和娱乐。

不能不承认一个差不多要被我们忘记的事实：在漫长的历史之流中，中国的乡村曾经没有电视、没有电影，更没有网络。所谓"农耕时代"，意味着一切都退回到简朴的状态，而我们的祖先就在这样的状态中生存了几千年。虽然现在我们很多人对手机、电视、电脑这些高科技产品已经形成了精神的依赖，但它们的诞生不过是百年以内的时间，普及开来也不过是近二三十年间的事。在这些事物没有诞生前的中国乡

村，民间艺术曾经有过漫长的辉煌。比如皮影，就是这些辉煌事物中独特的一种。

都说腾冲的皮影有六百多年历史，是明初随那些屯边的军士、家属、商人、艺人而来。屯边生活也需要民间艺术相伴，更何况它很可能还是某些人怀乡的重要理由。时至如今，其实谁也说不清它的真正源头，都只能泛泛而言：说它来自江南、湖广、四川一带。

腾冲皮影来自哪里已经不重要，重要的是它来到这块极边之地后，便落地生根，开出绚丽的民间艺术之花，传承了民间文化传统，滋养了一代代移民后代的精神。那些传奇、演义、历史故事，通过一个个神灵附体一般的"影子"，鲜活地再现了一遍又一遍。隋唐演义、北宋杨家将、三国、水浒、西游故事……都是乡村观众的最爱。

乡村孤寂的长夜因为这些鲜活的影子而变得充满生机。锣鼓家什一响起来，快乐也就接踵而至。孩子们早早地挤到戏台前等待着，老人

腾冲皮影

们吸着烟站在人后，妇女们抱着婴儿坐在前排，夜晚的天空下弥漫着温情与快乐。随着一声悠扬的唱腔，那些虚虚实实的历史和人物便从白幕上穿越时空而来，陪伴乡人渡过一个个有滋有味的夜晚。当地的童谣生动地描绘了孩子眼中的皮影戏："灯影子布上晃，樊梨花宝莲灯，晃晃晃满天晃，铿锵铿锵锵，晃出了孙悟空的金箍棒。"

我虽然不能亲自回到现场感受那份久远的乡村快乐，但从一些小时候看过皮影的朋友那里，我真切地领略了腾冲皮影的魅力。那些牛皮制作的人物，在他们的记忆中竟然是被赋予了生命的事物。一位朋友有些神秘地告诉我一件事：小时候她在外婆家村子里看皮影演出，演完后那些皮影人物的头都要取下来单独放到一边，否则……

否则会……怎么样呢？我对皮人可能会做的事非常好奇。

她笑着说：村里人都说如果不把皮人的头取下来，他半夜会从箱子里跳出来，到处乱跑，还会去村民家里偷豆腐吃。

我质疑说：真的吗？

她点着头，肯定地说：真的！

后来我又向另一位小时在乡村看过皮影表演的朋友进行求证。他的回答更让我惊奇，他说：如果不把皮人的头取下来，他们还会……还会出去……找他喜欢的女人。

我惊讶地说：真的吗？

他点点头，很肯定地说：真的！

我无语了，想一想却又笑了。这些传说中蕴含的，是乡村文化对神灵的敬畏。在孩子眼中那些能说会唱，征战古今的皮人，应该是有灵魂和生命的。或者说乡村的人们更愿意相信，那些皮人身上具有一种神秘的神性。他们和人类彼此之间相近而又相远，互相观赏而又有所提防。所以，过去有的乡村形成了这样的习俗：看皮影表演一般只能看两晚，第三晚是给神看的，只能唱空戏。

这就是民间艺术的魅力，娱乐的同时还有潜移默化的教化作用。天地万物都是有灵的，都有自己应该遵守的规则。

对一门民间艺术而言,除了带给大众娱乐的功效外,更重要的是传承与发展。在漫长的历史岁月中,得以什么样的力量和精神,才能完成对一种艺术的坚守?

据说,皮影戏在腾冲曾经有过自己的辉煌,"清代盛期有近百堂"。"堂"是以村为单位的组织。从这个数字可以想见皮影戏在乡村的兴盛。只是随着岁月流逝,随着现代科技的兴起,乡村的娱乐方式也在追赶着时代潮流。迄今为止,腾冲皮影戏只剩下了一个最后的坚守者——固东镇刘家寨的刘永周老先生。

刘家寨离腾冲火山国家地质公园不远,坐落在火山岩溶台地上。来到刘家寨村口最引人注目的,是村牌坊上的"文化裕乡"四个大字。这个离县城35公里的村庄,因为刘永周和皮影戏而名声远扬。腾冲大地上从当年近百堂的皮影戏,到如今唯一一家,这是历史发展的自然选择和淘汰。

在我们生活的时代,越来越多的新的艺术形式已经或正在取代着传统民间艺术的地位,这已经是不争的事实。电影、电视、网络、酒吧、卡拉OK,这些新兴的娱乐方式,即使在乡镇的小街上,也能处处见到它们的身影。现代艺术的渗透力有时候不能不令人感到惊讶。

在这样的时代背景下,刘永周对皮影的坚守就更有一种值得尊敬的意味。

有人称他为腾冲皮影的"最后传人",其中透露出一股没落而略带忧伤的气息。毕竟他已经不再年轻,亲自见证了皮影由盛到衰的历程。虽然现在的他头上有许多耀眼的光环:云南省文化厅授予的"云南省民族民间高级美术师"称号,中央电视台《东方时空》栏目为他做过人物专访,他雕刻的皮影被云南民族博物馆和美国哥伦比亚大学收藏,等等。他和他的皮影戏班,如今还是腾冲旅游的一张文化名片,很多人以能听一次他亲自演出的皮影戏为荣幸。

但是也应该看到,皮影戏的辉煌时代已经远去。它毕竟是农耕时代诞生的艺术,无论如何都只是在历史的帷幄后面放射光华。今天的皮影戏，人们更欣赏它的是它身上透出的古典气息，怀旧氛围。今天的刘永周也是腾冲皮影的灵魂人物，有他的表演，皮影戏才有生动的气韵。大师和民间艺术之间是互为表里的关系。

所以，我们应该以一种平和的心态去观赏皮影戏，记住它给观众的美好感受，虽然听不懂那些咿咿呀呀的唱词，但可以记住西腔明快的节奏，昂扬的情绪；欣赏东腔优美的旋律，庄重的气氛，足矣。

刘永周是值得尊敬的民间艺术家，因为他心里装有对艺术的责任感。为了让更多的人喜欢皮影戏，为了艺术的发扬和传承，他也在不断进行改良和创新。现在的他在县城做一些商业性的表演，除了上演传统皮影戏的一些折子戏外，他还创作了短小有趣的《龟和鹤》，和表现腾冲传统特产历史的《大救驾》等新作，尽量融入一些观众喜欢的流行元素。

但我相信，他内心更看重的还是那些附着了厚重文化意蕴的传统戏，比如他的经典之作《七郎之死》，听过的人都说唱得悲壮哀婉，荡气回肠。

## 腾越瑰宝：洞经音乐

大多数人都会同意，欣赏音乐是非常优美、高雅的享受。

文明时代的人是离不开音乐的，在大街上时常会见到一些年轻人，挂着耳塞一边骑车一边听音乐。心里实在为他们担心，也为他们对音乐的痴迷而感动。

一个热爱音乐的人，他的心灵一定是柔软的。

一方热爱音乐的人，他们的人生一定会朝着理想和光明的方向而去。

因为音乐可以教化人心，在潜移默化中带领灵魂朝着高处升华。音乐是人类共有的精神食粮，是生活中不可缺少的精神之"盐"。《晋书·乐志》早就描述过音乐的作用："是以闻其宫声，使人温良而宽

大;闻其商声,使人方廉而好义;闻其角声,使人倾隐而仁爱;闻其微声,使人乐养而好使;闻其羽声,使人恭俭而好礼。"足见古代的人早就了解了"五音"对人的行为性格的教化作用。

对腾冲这个汉文化盛行了几百年的极边之地而言,洞经音乐也是人们的最爱。尤其在漫长的历史岁月中,它曾经是民间礼仪活动中的主角,既是祭拜文昌帝君、关圣人、孔圣人的庙堂音乐,也为一些民间的人生仪式创造出诗意的氛围。

洞经音乐和普通音乐的不同,应该是因为它和宗教的关系。它最早本是道家诵经的乐章,以谈演道教经文《文昌大洞仙经》而得名。"道教经书分为三洞,即洞真、洞玄、洞神,分别是道教三清尊神传下,所以道教经书称为洞经,演奏唱颂经书中诗赞的音乐,故称洞经音乐。"[1]

正是因为其宗教的原因,它的音律庄重优美,高雅吉祥,所以历史上的参与者多是一些有文化教养,高雅知礼的文人学士。即使是现在的演出中,参加者的衣着打扮也是很讲究的,大多着传统的绸缎中式服装,古朴庄重中透出些雅致。

关于洞经音乐是几时入滇的,也有多种说法。但比较主流的观点认为,洞经音乐入滇的时间大致是明洪武年间,和"洪武开边"的时间吻合,是随着戍边队伍的脚步而来。行军的队伍中除了军人、家属,也会有一些爱好音乐的人才,把江南丝竹之音带入遥远的极边之地。几百年间经过加工融合,形成了独到的风格。

我在丽江听过宣科先生主持的"纳西古乐",和腾冲的洞经音乐似有不同。细细琢磨,这不同大约是前者加入了纳西民乐的成分,而腾冲的洞经则保持了比较纯正的汉族民间音乐的本色之故。

让人感到惊奇的是,历史上的腾冲乡村几乎到处都曾留下过洞经音乐的身影。虽然在某些年代它也难逃被取缔的命运,但现在已经恢复活动的就有腾越、洞山、绮罗、和顺、界头、碗窑、刘家寨等八个洞经会及腾冲洞经乐团。而且,腾冲还成立了业余女子洞经乐团。2011年1月,她们曾应第三届国际艺术节的邀请,前往奥地利维也纳金色大厅参加比赛。[2] 这些东方女性手指下流出的古朴典雅的旋律，得到了西方听众的欢迎和认可。

中国文化的内涵丰富而深广，音乐是其中不可忽视的重要内容。儒家宗师孔子不但自己喜欢音乐，而且把音乐教育列于他所教授的"六艺"之中，名列第二。他认为"兴于诗，立于礼，成于乐"，就是说个体的修养从诗开始，提升于礼仪，完善于音乐。在孔子首创的儒家教育理念中，诗、礼、乐是教化民众的基础或手段。

和顺风景

腾冲历史上的乡村，洞经音乐的盛行说明了传统文化对乡村的渗透。所谓乡村的"古风""古韵"，其中也应该有音乐的一份功劳。难怪腾冲人气质中有一份与众不同的气韵，温良而宽大，方廉而好义，倾隐而仁爱，乐养而好使，恭俭而好礼，这一切没有几百年的熏陶是很难养成的。

人，在大地上诗意地栖居，其中也应该包括对音乐的热爱。

## 龙上寨的造纸术

纸是中国古代的"四大发明"之一，生活于东汉的蔡伦是"纸的

父亲"。他用些破布、树皮、麻头、旧渔网,经过不断的加工试验后造出了纸,悄然推动了历史的脚步。在美国人编写的一本名为《影响历史进程的100名人排行榜》中,蔡伦荣幸地名列第六,比达尔文、爱因斯坦的名字还靠前,以此可见他所发明的纸对历史的意义之重大。也让中国人在世界发明史上大大地露了回脸。

在纸没有发明之前,古人所谓的"读万卷书"的卷,其实是竹简的一卷,万卷合起来恐怕没有今天的一本书厚。说纸的发明推动了中国文化的进步,一点也不为过。因为纸的发明,中国的历史曾大大地前进了一步。虽然我们今天已经开始进入"无纸化办公"时代,但是纸还不可能从生活中完全消失。

没有想到在腾冲界头乡新庄村一个叫龙上寨的地方,竟然目睹了乡村造纸术的秘密。龙上寨是个典型的腾北乡村,坐落在高黎贡山的怀抱,依山傍水,风景秀丽迷人。在腾北大地上,这样的村庄多不胜数,让人不能不感叹大自然对这一方生灵的偏爱,赐予他们的生存环境总是比别的地方更丰饶。

已经过了油菜花开的季节,田野里一片绿色的景致。村子的房屋自由地散落于大地,墙下面堆着的高高的柴垛让人似乎闻到山林的气息,听到火苗在灶坑燃烧的声音。这就是真正的乡村,大地上的事物处处充满生机。

龙上寨的田野中竟然立着一幢有欧洲风格的木屋,一时间令人有眼花之感。原来这就是远近闻名的"云南高黎贡手工造纸博物馆"。一名敦实的乡村汉子前来开门,领我们一行进去参观。他就是这个博物馆的馆长龙占先。

说起这个博物馆的建造,龙馆长说这并非一日之功,一人之力。

这个寨的村民都姓龙,是龙的传人。和腾越大地上很多地方一样,他们祖上也是明朝洪武年间由湖南长沙府屯边移民至此,在高黎贡脚下找到了一块安身之所。造纸的手艺,就是随着移民的步子一起传入腾越大地的,此后便代代相传,形成了一门远近闻名的民间手艺。如今和龙姓有关系的三个寨子，分别是龙上、龙中、龙下寨，有二百多户人家还保持着这种祖传的手艺。除了种田耕地，造纸就成了乡间副业收入的来源之一。

龙馆长笑着说，旧时代造纸的手艺还很保守，有"传男不传女，传内不传外"的规矩。如今开放多了，只要愿意学习，女人也可以参加造纸。只是这里的造纸并没有形成规模，一直都是以户为单位的手工作坊，产量比较少。

说起这座特立独行的造纸博物馆，和一个叫龙文的人有很大关系。他虽然也姓龙，却不是本地人，而是北京一家出版社的编辑。2005年因为搞田野调查，与新庄村的造纸术在时间的某一个环节猝然相遇，从此结下一份不解之缘。在他的倡议和帮助下，村子里成立了"传统资源共管会"和"古纸协会"。古老的造纸术中隐藏着的文化因子被激活，焕发出灿烂的光芒。龙文在参观村子里的"杨修庙"时，看到一个独特的景观，蔡伦祖师爷的像和财神的像奇妙地供奉在一起。当地人以一种独特的思维解释了这一现象，说二者都是改变他们的生活，为他们带来好运的神。前者教会了他们奇妙的造纸术，后者则帮他们保管由造纸而得的财富。作为一直从事文化工作的龙文，从中发现了造纸术后面蕴藏着的传统和文化，于是萌生了帮助当地建造一个博物馆，以展示古老的民间工艺和文化传统，宣传乡村造纸历史的念头。这是一个有历史责任感的文化人，他所做的是功德无量的事。

于是，新庄村传统资源共管会于2006年8月正式成立。

"云南高黎贡手工造纸博物馆"于2009年5月20日举行了开工典礼。

一切都按照乡村起房建屋的习俗进行，专门设了供桌敬天地神灵，龙占先这个乡村文化人还为开工典礼的祭献仪式写了一副对联，上联是"良辰开工弘扬历史文化"，下联是"古纸传人书写天下篇章"，横幅是"承前启后"。很大气，也很贴切。

开工仪式很传统，但博物馆的设计却很时尚，或者说融进了先进

的设计理念。北京的两位设计师一岸和华黎亲自参与设计,他们追求的是"手工纸和博物馆共同成为地域文化系统的物质承载媒介"。正是他们的加入,使这个乡村博物馆具备了专业的水准,让每一位来此参观的人都会感到吃惊。高黎贡山下广袤的田野中,一片庄稼环绕的土地上,突兀地出现了一座现代化风格的建筑,它的木质结构和特殊的造型与大自然和谐统一,从中可以感受到设计者的一片良苦用心。

说起建成博物馆的过程,龙占先馆长摇着头说:很辛苦,很辛苦!博物馆的选址、协调、平地,都是很具体、很烦琐的事。但是也很高兴,祖祖辈辈传下来的工艺、文化终于有了一个那么漂亮的地方展示给人看。说起来真的要感谢北京那几位热心人呢!从那么远的地方赶来帮助我们办事,不图名不图利的,难得!

龙占先家就在离博物馆不远的地方,我们有些等不及地拥进他家的手工作坊,去参观造纸的过程。水池里泡着些乱麻似的东西,龙占先介绍说那是构树的皮,是造纸的原材料。这也证明龙上寨的纸是原生态的产品,用来包茶叶是非常放心的,绝对不会有污染。而且用构树皮生产的手工抄纸柔软绵韧,耐腐防蛀,可以保存很多年都不褪色。乡村那些张贴在门上墙上的神像,也都是用手工抄纸印制的。如果仔细去观赏感受,就会发现神的身上其实散发着来自乡村的亲切与随和。

纸浆在池子里浸泡着,暂时还看不出和纸的关系。

当龙家大儿子用细竹帘子把纸浆从中池子捞出,轻轻摊放在案上时,一张纸的形状便会慢慢现出些影子来。先是极淡极薄的一层,随着水被滤干,纸的形象越来越明显。我们都屏住呼吸,睁大眼睛,郑重地等待着一张纸的诞生。

《天工开物》对手工抄纸有记载:"两手持帘入水,荡起竹麻入于帘内。厚薄由人手法,轻荡则薄,重荡则厚。竹料浮帘之顷,水从四际淋下槽内。然后覆帘,落纸于板上,叠积千万张。"眼前龙家人手上的动作和书中记载的竟然差不多,时间似乎有了凝滞之感。"手工"意味着传统,也意味着不变的方式。

但是，无论如何，这都是一个值得赞美的时刻，劳动创造的美令人如此心动。虽然我们面对的并没有"叠积千万张"的壮观，但直接面对一张纸的诞生已经足以让人感动。对一群从事写作的文化人来说，纸是值得顶礼膜拜的事物。正是因为有它的承载，我们笔下流出的汉字才有了依托，我们的思想、情感才有了可以感知的载体。虽然现在进入了一个用电脑键盘敲击文字的时代，但对纸的崇敬之情，是应该永远保持下去的。这是一种古朴而庄重的情感。

一张纸终于在我们低低的感叹声中诞生了。

主人家说还要经过晾晒、压制等好几道工序才能最后定形呢。龙占先介绍说，一斤构树皮四元，经过加工后能产四两纸。一斤纸视质量能出售到一百元至一百四十元左右。他们家的设备在村子里应该是比较完备的，房子后面还有个新购置的小锅炉。设备和技术差一点的人家，单靠造纸的收入是远远不够生活的，所以其他时间还得种地生产。

站在村里那栋别致的造纸博物馆窗前，田野风光尽收眼底，高黎贡的身姿少了些粗犷，多了些秀美。这样的博物馆，诞生于乡村，和大自然保持着密切的关系。实在是个令人赏心悦目的文化存在。突然想起那几位远在北京的文化人，他们的家里，应该也会收藏一些龙上寨的手工抄纸吧？

**注释：**

[1] 廖红梅：《浅析洞经音乐的特点》，载《大众文艺》2010年第1期。

[2] 载《城乡导报·数字报纸》，2011年5月13日。

# 五、行走于侨乡和顺

## "中国第一魅力名镇"的魅力

在国家版图上,乡镇如同一颗颗星星,组成乡村大地的独特景观。

在一些地方,镇和乡村有很大区别,半城半乡,主要由非农业人口组成。而在和顺,多数人仍然是农民身份,和土地有着密不可分的联系。虽然旅游开放以来,和顺已经成为腾冲的一处重要景点,每天有无数旅游者从全国各地赶来,戴着小红帽,跟在导游身后兴致勃勃地参观、感受和顺的魅力,但在那些粉墙黛瓦后的民居里生活着的,大多数还是世代居住于此的乡民。

六百多年的历史长河中,和顺的日子一直如村外那条小河,不急不缓地流动着。

在时间进入21世纪初之时,和顺却乘着时代改革开放的东风,开始了一个全新的时代。2005年由中央电视台举行的"魅力中国·魅力名镇"展示活动中,和顺第一次向世界展示了它独特的风格和魅力,一路过关斩将,从参加评选的156个小镇中脱颖而出,进入"十大名镇"之列,然后又成为十大名镇中唯一的大奖。

和顺一下子天下扬名了,很多人第一次知道了地处极边的腾冲,竟然还藏着一个明珠般的古镇——和顺。

在这次"魅力中国·魅力名镇"评选活动中,与和顺同台亮相的,都是些什么古镇?

五、行走于侨乡和顺

和顺风景

可以说，每一个古镇都是一张亮丽的名片，都有着不同凡响的名声。比如江南水乡乌镇，远在春秋时代就是吴国驻兵之地，可谓历史悠久。"鱼米之乡""丝绸之府"的美称，更是显出其优越的自然环境和丰富的物产。对外宣传的每一句话都让人没法不生出羡慕之心：国家AAAAA级景区、六千余年悠久历史、江南六大古镇之一……这里还是著名作家茅盾先生的故乡，他的身后还站着无数文化名人。

还有江苏建于宋代的同里古镇，至今也有上千年历史，也是江南六大名镇之一。它的小桥流水格局，为它赢得了"东方小威尼斯"之美称。

地处北国极边的内蒙古室韦小镇，展示的是全国"唯一的俄罗斯民族乡"的特色，这里还是蒙古族的发源地，是蒙古族寻根、祭拜之地。

安徽宏村，有"中国画里的乡村"之美称，长达八百余年的历史，村庄呈牛形结构，自然景观和人文景观融为一体。

……

天南地北，每一个参与展示的名镇都有自己与众不同的特色和优势。而地处极边的和顺，拿什么去和别人竞争？在世人眼中，位于彩云之南的云南已经非常遥远，而和顺更是云南边陲一个不起眼的小镇。因为地理的阻隔，它的特色、优势之前并不完全为世界所知。

所以，这次"魅力中国·魅力名镇"评选活动，无疑为和顺向世界展现自己的特色提供了一个难得的大好时机。在这个日新月异的时代，酒香也怕巷子深，也需要有一个理想的平台去展示自己的魅力。和顺把握住了一个重要的机会。

这次"魅力中国·魅力名镇"评选活动，强调的一个重要特色是"魅力"。

对一个乡村小镇而言，什么才是它的魅力？

特色就是魅力，与众不同而又有丰富、独特的文化内涵，这就是和顺的魅力。历史的长短厚重只是一道屏风，更重要的是现实中的生存,人与自然和谐相处的景色,能否吸引住天下人的目光,让他们真心承认这里的魅力能感动并留住远行者的心灵。

侨乡的历史和现实,这就是和顺的看点。

和顺人很聪明,也很幸运,他们请到了中央电视台著名主持人崔永元做和顺的"代言人"。他用自己独特的"崔氏幽默",正话反说,把和顺介绍给了全国观众,一下子就给观众留下了极其深刻的印象。事实证明,欲扬先抑比正面夸奖更有意外的艺术效果。对一位以"说话"为生存方式的主持人来说,这次对和顺的介绍,不失为崔永元主持人生涯中一次非常成功的案例。他一上来说的,竟然全是和顺的"短处":

第一是历史太短。和顺小镇只有六百多年的历史,比美国的历史才长四百多年。

第二是开放太早。和顺早在四百多年前就开放了,当时乡里人已经走出国门。

第三是和顺的人不务正业。因为这地方以农业为主,大家的正业应该种田。但是,放牛的老人经常清晨上了山,把牛放在山上吃草,自己却到图书馆看书。

……

和顺的这些"不足",引来的竟然是阵阵热烈的掌声。幽默是一门艺术,"最上乘的幽默自然是表示'心灵的光辉与智慧的丰富'"(林语堂语)。在这些"不足"和"短处"后面,全国观众初次领略了和顺的魅力,惊异于它的丰富与多元。

经过长达8个多月的竞争、展示之后,和顺顺利进入全国十大名镇之列,而且名列首位,成为令人羡慕的"中国第一魅力名镇"。

在2005年11月11日举行的盛大的颁奖典礼上,和顺赢得了这样一篇颁奖词:

极边第一城
——时光中的腾冲

### 云南·和顺

六百年历史孕育了极边古镇，三大板块文化交汇成丝路明珠。乡虽小，却有全国最大的乡村图书馆；人不多，还有大半居留世界各地。一代哲人故里，翡翠大王家乡。小桥流水有江南风情，火山温泉是亚热风光。更有月台深巷洗衣亭，粉墙黛瓦，稻浪白鸥，一派和谐顺畅。和顺，一座滇南小镇，占尽了天时地利人和。

这篇颁奖词基本是对崔永元前面那篇介绍的"拨乱反正"，从正面展示、肯定了和顺的特色。而年度大奖的颁奖词，则更进一步展示了和顺丰富厚重的历史文化：悠久的历史、多种文化的交融碰撞、抗战的地位和作用，民俗、民居的特色。

它的魅力就在于：一个地处极边的小镇，却能为当今中国小镇的发展提供可资借鉴的经验和意义。这是和顺的骄傲！

这就是现实中的和顺。也是历史光影照耀下的和顺。

它的魅力有如腾冲人最爱的玉石的光芒，晶莹剔透而又温软诱人。

除了来自四面八方的游客，全国各地的文人墨客们，也抵挡不住和顺的魅力。来云南必到腾冲，到腾冲必然一睹和顺的芳容，才会获得不虚此行的满足。

著名诗人舒婷称和顺为"云南的最后一处秘境"，当瑞丽和腾冲不可兼得时，她选择了腾冲，因为那里有期待已久的迷人的和顺。她在和顺悠深的长巷里流连忘返，在洗衣亭前驻足深思，放飞想象的翅膀，为那些如此精心地呵护女人的男人而感动，也为乡村那些具体琐碎的日常生活而陶醉，蝉声鸟喧、鸡鸣狗吠、卖松花糕的婆婆……和顺的乡村生活让来自大海之滨的女诗人找到了心灵的归宿。

她忍不住在和顺图书馆的电脑上敲下些句子，只为告诉远方的亲友:"我在腾冲,我在和顺。告诉你,我真的不是在梦中。"

和顺的魅力就在于,它可以把你对诗意生活的梦想变成现实。

2009年8月19日,文化名人于丹来到和顺,在和顺的龙潭边冒雨进行了一场"中华文化中的'和'与'顺'"的讲演。于丹从中华文化的高度解读"和顺"的内在意蕴,指出"和"是儒家文化的要,"顺"是道家文化的根。现在这两种文化的精髓竟然在和顺得到和谐的表现,先和而顺,也正是我们身处的这个社会所需要的精神。

于丹尤其提到一点,她在和顺找到了"回家"的感觉,因为这是一个可以安顿心灵的地方。在接受《春城晚报》记者采访时,于丹对和顺有另一番很诗意的表述:"我行走在和顺古镇里面,感悟总是意犹未尽。记得前次来和顺时,也是这么一个下着蒙蒙细雨的天气,看到走在石板路上的小镇居民头戴着草帽置身在古韵十足的家园里劳作时,我体会出了什么叫宁静,什么叫和谐。于是,自己也要了一顶草帽戴在头上,身披一件马甲,穿梭在虽宗派不同,却在一起和谐相处了数百年的各大异姓宗祠和祠堂间,仿佛自己就是百多年前马帮的一个女马锅头……"

于丹还引用了苏轼的一句诗"此心安处是吾乡",以表达在和顺寻到的安详宁静。

在和顺的土地上,一位著名学者愿意穿越时空,做一名女马锅头,只因为

和顺老宅

这里让她找到了心灵的归宿,这也是和顺的魅力。

云南本土作家张昆华来到和顺,则被和顺悠久的历史深深吸引,尤其对当年走夷方的人必经之地"隔娘坡"感触颇深。他和马锅头把酒共话岁月,寻出一段感人的往事。另一位诗人张永权则在和顺悠长的小巷中流连往返,细细品味着小径上流散的文明之光,重寻回些历史的光影。因为挂职锻炼而在和顺生活了长达十个月之久的青年作家潘灵,更是对和顺情有独钟,大有乐不思蜀之态。和顺灵秀的田野、小河,和顺古旧的宅院、精致的窗棂,引领着他进入历史的迷宫,去探寻一个个人生之谜。他的长篇小说《翡暖翠寒》就是在和顺一个叫"号里头"的院子里构思创作的。连小院里那棵姿态秀美的缅桂花树,都被他"移植"进了小说。这部小说被拍摄成电视剧后更名为《翡翠凤凰》,在于荣光的传神表演下,让更多的人了解了腾冲、和顺一段特殊的历史。

一个在六百年时间之流中修炼成型的村庄,可以让人"各取所需"。

一个有着六百年文化精神气韵支撑的村庄,可以让人有回到故乡的"心安"。

在全国的诸多名镇中,和顺也许不是风景最美的地方,但是它悠久的历史文化和丰富的人文底蕴,却一定是独特的。它能让每一个来到它身边的人记住它,爱上它,把它给予的那份安宁和诗意带回去,永远留在心灵或梦乡。

这就是和顺独特的魅力。

## 和顺的田园

作为世界上有名的农业大国,中国辽阔的版图上散布着星罗棋布的村庄。它们是中国大地上最古老的存在,也是最动人心魄的景观。中华文明的诞生,中华民族的繁衍,无一不和乡村有着密切关系。城市是乡村之后出现的事物,乡村才是大地上人类文明最早的根脉所在。即使是今天生活在城市的人群，也有很多人和乡村保持着千丝万缕的精神联系。

如果说腾冲是中国极边之地的一道绿色屏障，那么和顺就是腾冲大地上闪耀着动人光芒的一颗明珠。它没有那种人工制造的光华灿烂的绚丽，就像很多地方为了发展经济新开发的景点。因为有六百年历史作铺垫，还有丰厚的文化作底蕴，和顺散发出的是绿宝石一般温润幽深的光。它还有一种端庄高贵的气韵，无所不在的传统文明气息。

民国元老李根源当年曾经在和顺小住，并写下一组"和顺乡集"的诗，他在序言中说："山寺闲居，随笔涂写，成诗六十章，或于乡中掌故名物有关也。"其中一首专门说到和顺人的由来："天与佳山水，五姓初结庐。缔造六百载，富庶有谁知。"诗中的五姓指的是寸、刘、李、尹、贾五姓人家，据说都来自四川，是最早在和顺扎根的军人和他们的家属。后来又陆续有他姓进入："续来又五姓，张赵许钏杨。"他们分别来自湖南、江苏、河南等地。所以和顺人的先祖来自五湖四海，为了国家守边的共同目标走到一起，他们用心血和汗水共同创造了一个风格多元的极边乡村。这个乡村的建筑、习俗也因此不可避免地带上了天南地北的印痕。

村子依山势而建，由许多条巷子组成，每条巷子由不同姓的人居住，而且都有坊门把守，如蛛网一般向四面辐射。夜晚关起门来，巷里就是一个安全的世界。单是这一点，就足以看出当初建和顺的人应该是些精通战术的军人，在村庄安全性的考虑上非常有前瞻性。和顺在几百年间以它独特的防卫系统保护着村民的安全，如今在一个改革开放的时代，这一特点又成了吸引旅游者目光的看点，引人对历史生出无限遐想。

在和顺，每天都会看到来自四面八方的游客，背着背包在巷道的迷宫里绕行，也是在历史和文化的迷宫里绕行。

一个地处极边之地的村庄，却能吸引全中国甚至世界各地的目光，这不能不说是一个奇迹。每天从四面八方来腾冲旅游的人们，络绎不

**腾冲国殇墓园**

绝。他们在火山、热海体验大自然的雄阔壮美和慷慨馈赠，到国殇墓园感受战争的凝重和为民族而牺牲的崇高，在翡翠市场经受物质对欲望的诱惑。旅游者的心灵会在腾冲丰富到驳杂的历史和现实光影中穿行、起伏，不得安宁。只有到了和顺，才会重新拾回一分安详宁静的心境。如李根源先生的诗所赞美的："远山苍苍，近水河悠扬，万家坡坨下，决胜小苏杭。"

这里离城只有四公里，却有一片可以让心灵重归平静的田园。

有人说，到腾冲来就是一次感受爱的旅程。大爱是看抗战历史，从中可以深刻感受中国人在国家民族的危难关头激发出的牺牲奉献精神。小爱就是看和顺，感受田园风光的宁静，诗意生活的浪漫。

在现代化步伐日益加剧的城市，高楼林立却沾不着地气，街道宽阔流过的尽是车水马龙，人的生活像工厂的流水线一样紧张而刻板。乡村更是成了很多人心灵的最后家园，永远保留着对它的回看与向往。想象中那里有炊烟袅袅，小河潺潺，田野中有牛羊安详地吃草，天上有白云悠悠飘出诗意。

城市和乡村，永远是人类发展中的两个充满矛盾的驿站。有时候城市代表着发展进步，乡村是落后的象征。有时候城市又是阻碍心灵自由的樊笼，乡村才是梦想翱翔的自由天地。

无论如何，人与自然和谐相处，都是今天生活在大地上的人类所拥有的美好理想。

生活在城市的人们所期盼的一切，在和顺都不是梦想。

乡村不能没有山水、田野、自然风光，它们是乡村的基本事物。

和顺的远处都是山脉，却尽现秀美，而且退得很远，带着些温情遥遥地守望着大地。村庄都顺山势而建，一如依偎在山的怀抱。中间是大片田野，有白鹭在翩翩飞翔。农人在春天播散种子，油菜花的金黄为乡村涂抹了一层浪漫的色彩。

走在和顺的田埂上，总有些不太真实、如诗如梦的感觉在弥漫。

走在和顺田埂上的，除了当地农人，大多是来自全国各地的旅行者，对乡村怀着梦想的人们。他们的脸色不再像在城市里时那样冷漠、刻板，都挂着些痴迷而梦幻的表情。我看见一对来自北方的情侣，一边拍照一边感叹："乡村太美了！和顺太美了！"他们甚至开始讨论，要不要在这里租间房住上几个月，暂忘记城里的一切，好好感受一下做一对"日出而作，日落而息"的农人单纯的快乐。

小河边那些当年出国经商的男人们专门为留在家里的女人修建的洗衣亭，如今已经成为和顺田野中一道独特的风景。历经岁月风雨之后，它们已经显得陈旧，却更有一种古朴的韵味。偶尔还会有女人端着衣服来这里洗涮，而且能坦然面对旅游者们的镜头，一副见怪不怪任你去拍的表情。这里时常还能见到一些手执画笔，在画布上涂抹风景的年轻人，大多是来自全国一些美术院校的学生。画布上是和顺的田野风光、洗衣女人的身影、小桥流水……经过艺术之网过滤之后的和顺，在

画布上体现出一种安详、淡定的风韵。

开发建设成为旅游景点后的和顺，仍然保留着独特的田园景色。

在作为和顺中心景点的双虹桥附近，我就亲眼看到农人赶着一群牛回家的情景。那些牛对游客视而不见，对长长短短的镜头也能泰然处之，迈着悠闲的步子穿过村庄大道，回到农家小院。赶牛的农人和他的牛群，都是和顺一道独特的风景。

在村边的田野中，时常能看到农妇在菜园里忙碌的身影。那些长在园子里的青菜、白菜、辣椒、茄子，体现出令人羡慕的生态特色，感觉比我们在城里菜市场买到的有很大不同。它们的绿色或紫色都是天地自然的精华凝聚而成的色彩，而且充满植物生命的勃勃生机，会让路人忍不住在菜园边驻足片刻，发几声真诚的感叹。

在和顺小住的几天，我特别喜欢傍晚来田野散步。随着暮色降临，夜色像网一样铺向大地，田野变得朦胧起来，唧唧虫声似从泥土之间或是植物的叶片间传来，如同一首简朴而优美的诗。这里没有城市大街小巷里永远不灭的光亮，夜色回复到原始洪荒般的幽暗之中。头顶的夜空中闪烁着几颗半明半暗的星星，恰到好处地衬出乡村之夜的宁静。

走在沿河的田埂上，还得非常小心，以免看不清路掉入河中。正是这一份担心让我重新寻回了当年当知青时的记忆。背后是乡村朦胧的灯火，远处传来几声隐隐的狗吠。这才是乡村的夜晚。人的心灵在这样的时刻，会变得和头顶的天空一样宁静，和脚下的大地一样单纯而实在。来和顺旅游的人，如果没有这一份独特的乡村之夜的体验，是会很遗憾的。

和顺的田园，是真实而具体的存在。

田园和田园里的事物，也是拴住游客心灵的一条丝线。

## 时光中的和顺

我曾在和顺一个叫"号里头"的民居式旅馆住了一个星期，在参观考察和顺的同时,每天都会和无数旅游者在和顺悠久长的小巷里"狭路相逢"。他们的口音天南地北,目光却一如既往地充满期待和探寻,像梦游者一样,在和顺古老的巷道里徘徊不去,细细地观赏一个个古旧门楼上的雕花,品味历史的厚重与博大,赞叹之声洒了一路。末了,都带着些依依不舍之情一步三回头地离去。

我亲耳听见几位游客喃喃低语:还要来的,有时间还要再来的,下回一定要多住几天。

我总在想一个问题:到底是什么吸引着旅行者的脚步,让他们千里迢迢来到极边之地,迫不及待投入和顺的怀抱?和顺的魅力到底深藏在哪里?

从我自己的观察体验,和与一些朋友的交谈中渐渐悟出:和顺的魅力就在于,它是一个能满足旅游者多元需求的地方。比如和顺小河以外就是田野,可以满足那些向往大自然、向往乡村田园风光的探求者的脚步。在和顺,出了村庄,你只需走上几步,就可以和大地亲密接触,可以嗅到泥土的气息,触摸大地的脉动。

热爱历史的人,行走在一条条长而幽深的巷道里,可以让思绪穿越时间,最大限度地放飞想象的风筝,去感知和顺人的先祖如何一代代经历着"走夷方"的艰辛,如何用求实的精神创造出一个独特的村庄。

喜欢建筑的人,和顺那一个个风格各异而又同样古朴稳重的古老宅院,足以让他的足迹流连忘返。粉墙黛瓦、屋檐飞翘,恍如感受到了江南水乡或是徽派建筑的韵味。明明是极边之地的乡村,却能观赏到中原文化的结晶,令观者没法不啧啧称奇。

而且,每一个院子的后面都有一个家族隐秘的历史,会藏着一个个生动曲折的故事。只要你有时间和耐心,能敲开那一扇扇虚掩的院门走进去,就一定会有意想不到的收获。某家屋檐下挂着的德国马灯,楼上的英国雕花铁窗,几块祖传下来的闪着温润之光的翡翠挂件,都会让你陷入惊奇不能自拔。

对抗战文化情有独钟的人,这里有"滇西抗战博物馆",有大量

的战争实物和图片,把你和战争之间的距离一下子就缩短到零,让那场震惊中外的战争即刻浮现于眼前。在中国军民保家卫国的巨大牺牲面前,除了深深的震撼,就是对"国家""民族"这些概念的重新审视。这是一种无声的爱国主义教育,比任何书本上的教条更能发挥直接的作用。你会在心底发出这样的声音:如果生活在那个时代,面对民族的危难,我也会是个战士。

喜欢研究中国乡村文化的人,可以去和顺图书馆,感受乡村田园和文化书香的奇妙结合。在这里,农民把牛放到坡上,再回到图书馆看书求知,绝不是虚构出来的故事。中国很大,历史很悠久,但在中国大地上的无数乡村,像和顺这样能把文化传统和田园耕读结合得如此和谐的,还真是不多见。更何况为这个图书馆题写馆名的,是大文豪胡适。和顺图书馆自1924年由华侨出资兴建后,就成为和顺的一处重要文化景观,在历史的发展进步和人才的培养中发挥过重要作用。云南著名学者林超民先生,青年时代就曾经有过专门从腾冲城里步行赶来和顺图书馆看书学习的经历,理由就是:"……有安静优雅的环境,有和蔼可亲的图书管理员,还时常有饱学之士到此阅读,可以向他们请教。"以至他后来到过许多中外著名的图书馆后,心里最怀念的竟然还是和顺这个古色古香的乡村图书馆。

和顺还散布着很多宗祠,是一个个从历史中走来的家族的根之所在。每一个宗祠都是一段文化,都凝聚着无数生命的印痕。如同一棵大树和它的枝杈,从这里可以了解支撑它们的根须如何茂密和深厚。"敬祖收族",就是这些宗祠最大的作用。而一个村庄的多家宗祠,又汇成和顺历史和文化的浩浩源流。

作为著名侨乡,历史上曾经有那么多和顺人走出国门,用血汗去创造财富,包括身后这个现在名闻全国的村庄。虽然他们的身影已经随时间的流水而去,但关于他们的故事、传奇,至今仍然是和顺的一笔重要的精神财富。一些宅院里仍旧供着他们的牌位,一些家族的族谱上以简要的笔墨记录着他们的贡献。甚至当我们在和顺古老的小巷中参观游览时，还能感觉到他们的身影就附着于那些长满青苔的砖瓦上，流连于深宅大院的门窗后面，小巷中那些青石板上还留有他们踩下的脚印。

……

所谓文化，就是承载于这些具体的人和事之中，是前人创造的物质财富和精神财富在生活中的传承。它可以为自然存在抹上一层人文的色彩，为村庄积淀下丰富的韵味。

寸氏宗祠

和顺是腾越大地上一个藏而不露，底蕴丰厚的村庄，也是一个立体多元的村庄，一个文化铺就的村庄。每一个从这里走出去的人，都会把它作为一笔精神财富郑重收藏于生命的行囊；每一个来到和顺旅游的人，也都可以找到他心灵的期盼，完成一次精神的洗礼。你和它虽然只是短暂的相遇，却会在临行时一再回眸，依依不舍。

所以，深厚的文化底蕴，是和顺之所以"和顺"的重要原因。

在中国学术中，文化的定义太多太抽象。但在和顺，文化却以如此生动的方式进入我们的视野。毫不夸张地说，在和顺，每走一步，每看一眼，都有文化的印迹扑入眼帘。甚至村巷里走过的每一个和顺人，虽然衣着简朴，但都给人彬彬有礼的印象。毕竟这里曾经有几百年的文化为底蕴，在历史的长河中，乡村的耕读文化赋予了这个村庄与众不同的意韵。那些从和顺走出去的人就不说了，单是村庄里那些身着简朴衣装的农人，内在的涵养也是不可小视的。说这里是藏龙卧虎之地，也未必是夸张。

## 极边第一城
### ——时光中的腾冲

云南女作家何真在和顺采访时，就曾经遇到过一件很意外的事。一位斯斯文文的乡村老人跟她打招呼时，问的竟然是："尊号为何？昆仲几个？"那一瞬间会让人误以为穿越回古代讲究诗书礼仪的时代去了。何真说当时她差点没有惊得从田埂上跌下去。还好，何真是作家，惊诧之余马上明白过来老人所问的是自己姓甚名谁，家里有兄弟几人，忙一一对答。如果被问的是对传统文化知之甚少的人，恐怕根本听不懂对方的话，只有张口结舌的份了。

这就是和顺人的文化，有文化的和顺人。

我们生活的时代，文化这个词已经用得有点滥俗了，有时甚至沦落成商业活动的陪衬和点缀。而在和顺，文化就是生活的方式，待人接物的礼仪。文化以一种很自然的方式在和顺人的生活中静静地传承着。

如果你有幸进入和顺人家，就会发现几乎每一家都还供着神龛，天地君亲师的牌位居中，左边的流芳堂供奉祖先的来历，右边的奏善堂供土地或灶君的牌位。有的人家每天还要在牌位前上香、诵经，祈求祖先、神灵保佑家人平安吉祥。

有信仰、有畏惧之心的人，才会遵守社会的规则，对生活保持谨慎的态度。这就是文化给予乡村的收获。所谓"文"，也有人文精神之意在内，是学习诗书礼仪的结果。"化"，有改变、教化的意思。所以，文化一词最早的意思之一就是强调人的后天修养与精神，然后才谈得上物质的创造。有了深厚的文化为底蕴，才能实现一个社会所追求的"和谐""和顺"，才能吸引外界的目光。现在的旅游者除了对自然风光的热爱之外，他们更希望看到的就是中华文化大背景下各个地域不同的文化差异，以满足不同的审美需求。

这就是和顺的魅力所在。

观赏、行走之中，处处都可以与文化相遇。汉文化的精神、意蕴在这里得到了完美的体现。单是从"和顺"这个地名上看，就包含了一种社会理想和境界。和顺最初的名称，其实源自村前那条潺潺流过的小河，这条小河原叫"三合河"，意为三处源头的水汇合而成。但老百姓看重的却是"河顺乡，乡顺河，河往村前过"的景观，是人与自然和谐相处的真实写照。因此，在康熙年间，这个村子得名"和顺"。从这个名称可以看出，任何时代的人都在追求天地人和，顺利发展进步的社会理想。

《辞源》中对"和"的解释是："和"有和顺、和谐之意。汉文化中，"和"强调的是不同事物的有机组合与统一。"顺"则是与"逆"相对，充满理想和希望的色彩。与顺字相连的大多是好词，如顺风、顺水、顺境、顺应潮流等等。

进入和顺的大门，在滇西抗战博物馆门的影壁正面，是由国务院前总理朱镕基手书的四个大字："和顺和谐"，背面是政协前主席李瑞环书写的"内和外顺"。这些题词既是对和顺特色的概括，也间接传达了一个时代国家领导人的政治理想。

这一切都是和顺的福气。

几百年前，那些从四面八方带着家眷在这块土地上安家落户的军人们，看中的是这里的地势和气候，据说这些军人以重庆府来的人居多，他们曾随口用重庆一带的方言给这块土地命名为"阳温墩"，意思是不冷不热，适合居住之意。明代旅行家徐霞客在游记中称之"河上屯"，清代改名"河顺"，后又易名为"和顺"，取"云涌吉祥，风吹和顺"之意。

和与顺，这两个汉字无论怎么组合，都包含着吉祥的意义。

那些移军戍边的将士们可能没有想到，他们竟然为儿孙后代找到了一块福地。

## "走"出来的和顺

现在来和顺旅游的人，最喜欢做的一件事，就是不停地"走"。在行走中才能细细品味、感受和顺的多重魅力。

这里的每一块青石板上都有岁月的流光闪过，每一块院墙的青砖，都隐藏着些历史的谜语等你去猜想。和顺有许多纵横交错、四通八达的小巷，交织成一个巨大的迷宫，让人一不经意就会失落在历史的幽暗处不能自拔。

一道院墙，一座雕花的门楼，一扇维多利亚风格的铁窗，会在行走的过程中突然跳出来，带给你无尽的惊喜。那些乡民们，似乎已经习惯了游客行走和窥探的目光。他们神情自若地在自家院子里洗菜做饭，过着普通而又温馨的日子。

如果深入进去，你会发现每一个院子里都藏着些意想不到的事物，把你震得一时无语。在我所住的"号里头"民居旅馆的小院里，一抬头就能看到屋檐下挂着一排失传已久的马灯。面对我好奇的目光，主人淡淡地说："德国造的，祖上走夷方时带回来的。"

那几盏起码应该有一百年以上历史的马灯，静默无语地闪着黝黑的光。它让人不禁陷入冥想，当初它从"夷方"被带回和顺农家小院时，曾给小院里的人带来怎样的惊喜？在中国的乡村还被油灯所笼罩的时代，它那明亮的光线，曾经照亮过几代人的人生，给夜晚蒙上一层瑰丽的色彩？

在许多和顺人家的院子里，历史不是虚无的词语，而是已经具象在一些具体的事物上面，隐藏在那些灰色的瓦缝里，不经意之间就会给人意外和惊奇。

历史上的和顺人是不安分的，他们喜欢走，而且一走就很远，远到国门之外。

他们一走就走出一段辉煌的历史，带回让世人羡慕的财富，还有充满异国情调的人生。

"穷走夷方急走厂"，这曾是腾冲人中流行的一句人尽皆知的俗话。只是在历经岁月的淘汰过滤之后，人们想到的更多是因为"走"而带回的财富，少有人去细想那些行走在历史长河中的身影，他们所经历的痛苦与艰辛。对传统的中国农民来说，能守着自己的家园，过一份安稳平实的生活，一直是最基本的人生理想。

如果不是生存所迫，谁愿意"走"出背井离乡的步子，谁愿意离别亲人故土！更何况所谓"夷方"，那是国门之外的遥远之地。

当然，"夷方"也代表着理想和希望，发财致富也永远是人类不变的梦想和追求。所以，才会有那么多的和顺人一代代地走出故乡，走出国门，去实现自己的人生梦想。有人做过统计，20 世纪中叶的和顺，走夷方的人数竟然大大超过在家的人数。在家务农的只有五千多人，而在外谋生的却多达七千多人。

和顺乡的背后不远处，就是历史上有名的"蜀身毒道"，一直通往遥远的夷方，充满梦想的夷方。一代代和顺人，就是从那里走出去，实现梦想或者魂归异乡。

回看历史时，我们清楚地看到，那些"走夷方"的和顺人，不乏发财致富获得成功的人；但应该有更多的人和财富无缘，不过是在夷方安身立命，照样要靠艰苦的工作来维持生存。有的人因为一辈子都未能实现发财梦想，因此而无颜见江东父老，只能终老他乡。

历史的大幕后面，其实隐藏着许多不为人知的秘密。

但是，无论如何，和顺的辉煌历史是通过一代代人"走夷方"成就的，这是不争的事实。如同崔永元调侃的，和顺"开放太早"。一代代走出国门去发财致富的和顺人，也是和顺经济发展的奠基人。没有他们大胆的探索创造，就不会有今天和顺的辉煌。

因为地理条件的便利，和顺人多了一条求生之法——"穷走夷方急走厂"，天无绝人之路。

在与腾冲相邻的"夷方"缅甸，大地上散布着许多玉石厂、宝石厂、银矿，那是一笔巨大而又容易令人想入非非的财富。它们埋藏于地下，等待着发掘与开采。北美印第安民间有个关于"魔球少年"的传说：巫婆让一个少年从妖怪那里千方百计弄来了金条，却又把它们全部埋到地下。她对自己的做法，还有一番颇富哲理的说辞："如果世人能随随便便找到金子，就会变得懒惰和愚蠢。如果把金子分散藏好，埋到世界各地，这样人们要想找到金子，就得付出劳动，而且每次只能找到

一点点。"

　　夷方的大地下面，就埋藏着巫婆埋藏的无数宝藏。只是它们深藏于地下，需要开采者付出辛勤的汗水才能有所收获。而财富无形的光芒却能透过地表直射云空，吸引来自四面八方渴望发财的人们，其中就有无数来自和顺的男人。

　　他们迈步双脚，走出国门，怀揣发财梦想到达夷方。

　　而"走"就意味着和故乡、亲人的离别。离别，在古往今来的文学中是永恒的书写主题。尤其是交通不便、时空距离变得格外绵长的时代，因离别而生的离愁别绪更充满了令人感伤的情调。在和顺，除了流传着一些发财致富的传奇，也流传着不少和离别有关的故事。前者让人充满向往，后者则让人黯然神伤。发财的路途上，幸福和痛苦总是结伴而行。

　　在中国的农耕时代，离别带给人的含义是复杂而多重的，既充满希望，也有可能变成生离死别。所以，在古代的乡间大道上，长亭送别就成了一道独特的中国风景。"长亭外，古道边，芳草碧连天。晚风拂柳笛声残，夕阳山外山。"今天的人唱起这首歌，同样能体会到那一份绝世的忧伤与孤独。

　　和顺虽然没有长亭，但在一代代人的行走过程中，已经形成一套完整的离别程序。因为梦想的驱使，因为财富的诱惑，所以只能抛下家园、亲人，去往不可知的远方。离别因此而染上了一层喜忧参半的情绪。而且一个家庭中，不同的角色有不同的期望和担忧。母亲送儿上路，总是有万千牵挂和无尽叮嘱，担心他的安全，担心他的人品，担心他的事业。妻子则盼着丈夫能早日衣锦还乡，共享美好人生。

　　于是，一本被称为和顺人"出国必读"的《阳温墩小引》问世了。它最早的称呼不太雅，叫《吹烟书》，说的却是出国的经验和教训，出国之人所要遵守的"九戒"。所有内容据说是出自道光年间一位寸姓老人之手，以八百多行通俗易懂的文字，为出国之人提供现实的生存"攻略"。那些将要踏上"走夷方"旅程的男人们，都会先从中学习经验，聆听教诲。如果真的能认真按照其中的方法去做，一定会少走许多弯路，加快成功的步伐。

以今天的眼光来看，这本书也算得上是本实用的"人生指南"，出国的每一个步骤它都有细致的指引。诸如行走在路途上，它会告诫你：

> 在沿途，切不可，与人争斗。
> 一路上，切不可，与人结仇。
> 无伙伴，切不可，独自行走。

它甚至对一个年轻人在生活中如何为人处事，提高修养都有耐心指导：

> 见长者，要恭敬，徐行在后。
> 凡说话，莫高声，气性温柔。

这里提倡的显然是儒家修身养性的标准，可以看出传统文化在商业活动中的影响。一个人发财致富固然重要，修身养性也不可忽略。它是按照儒商的标准对后来者进行培训，当然其中也融进了写作者自己的人生经验和教训。他把这一切无私地奉献给了后人。这个未能留名的写作者，一定是个有着丰富人生经验和深厚修养的长者。

在这本小册子中，作者对经商的道德也有严格而规范的要求，谆谆告诫后人：

> 做生意，要公平，不欺老幼。
> 切不可，使尽了，奸巧计谋。
> 切不可，忘天理，大秤小斗。
> 切不要，使奸巧，轻出重收。

　　这些"要"和"不要",放在今天的社会,何尝不是值得认真遵守的人生道德和行业规约。而和顺人早已经自觉地把它们作为经商、做人的立身之本。

　　那些后来衣锦还乡的和顺人,想必都从这本小册子中学到了实用的人生经验。他们应该庆幸,竟然有这样不求青史留名的长者,愿意为后人留下如此全面、实用的指南,让他们少走许多弯路,更快地接近成功之门。和顺乡村文化的魅力,从历史的缝隙中闪烁着动人的光彩。所谓文化传统的传承,正是通过这样一种文明的方式进行着。

　　识字的抄一本带在身边,不识字的,家里人会请人一条条读给他听。未曾上路,心里已经有了规范和准则,有了敬畏与约束。

　　上路的时刻来临,远行者要在家人带领下到祖坟前磕头,到村后的中天寺上香求神灵保佑。临上路时,还要在财神殿祭拜一番方能离去。农耕时代的离别,因为这些隆重的仪式而增添了丰富的意蕴。这正是中国文化的魅力所在,必要的仪式可以让人对天地神灵有所畏惧,对祖宗先人担起责任和义务。所以,在外才不敢胡作非为,才会在心中竖起光宗耀祖的远大理想。中国的乡村,自有一套保持和发扬传统文化的独特方式。从中也可以感受到汉文化在和顺的土地上,已经是根深叶茂,自成体系。

　　那些"走夷方"的远行者的离别,除了文化给予的仪式外,还有现实世界中亲人的依依送别。那也是让他们终身铭记的一份牵挂。

　　沿着和顺悠长的小巷一直往北走出去,过了中天寺、财神殿,还有一个令游子肝肠寸断的地方——隔娘坡。原本不过是一道天然的土坡,却因为有了情感的牵连,有了亲人泪水的抛洒,从而有了别样的意味。相信每一个听到这个地名的人,心灵都会为之一动。在所有的至爱亲情中,母亲的爱最无私博大,也最绵长悠远。如同印度著名诗人泰戈尔的诗所言:"无论你走出多远,永远走不出母亲牵挂的视线。"

　　当地一首赶马人唱的山歌,唱出了和诗人一样的情怀:

上根坡来坡很长,
上到半坡回头望。
亲娘仍然站坡脚,
娘啊,你让儿子泪汪汪。

过了这道坡,就将走上漫漫人生的旅程。和亲娘山水相隔,甚至有可能阴阳相隔,再也见不到母亲的面容。因为和亲人别离的疼痛,所以这道坡还有一些别称:别子坡、别妻坡、望郎坡。角度不同,称呼也不同,唯一相同的是对亲人放不下的牵挂。

所以,当时间像水一样流逝之后,山坡上多了些坟头。那些坟头都向着夷方,向着今生今世不能再见的亲人。

隔娘坡,一个让人泪水飞迸的地名。

## 翡翠之光照耀着的男人和女人

翡翠就是玉石,就是梦想。关于它的来源,有人说和鸟名有关系。

雄鸟羽毛为鲜艳的红色,雌鸟羽毛为翠绿色,二者合起来就称为"翡翠"。所以,玉石行内也有翡为公,翠为母的说法,倒也符合中国文化中关于阴阳五行的学说。

在超脱的人眼中,它就是块石头。在追求财富的人眼中,它是梦想和财富的化身。就像佛教说的,心中有什么,看它就是什么。对待翡翠的态度,完全取决于人的主观心态。尤其在像我这样对翡翠完全外行的人眼中,那些标几十万几百万价的石头,除了漂亮、养眼,真的不懂它为什么价值这么多。

但是,和顺人的发家致富梦想的实现,却真的是和这些红的绿的石头有密切关系。它们深藏于缅甸的深山,吸天地日月之精华,闪烁着美丽的光彩,吸引着一代代和顺男人远行的脚步。

遥远的夷方之所以能如此吸引和顺男人远行的脚步,有一个重要

极边第一城
——时光中的腾冲

的原因，那就是成功者的传奇人生，如同一道美丽的幻影在向他们招手。在几百年的时间之流中，和顺走出去的人群中不乏成功的身影，他们用马帮驮回翡翠，驮回种种令人眼花缭乱的"洋货"，甚至还有风情各异的"老缅婆"。他们用血汗换回的财富，变成了一个个坚固、漂亮的小院子，实现着几代人发家致富的理想。

一位当地的朋友告诉我，他听长辈们讲，从前过年过节的时候，都要在村子里唱戏。唱戏的所有资费都由那些在夷方发财归来的人家所出，所以唱戏之前都会有人大声吆喝：今年是张老爷、李老爷请戏，或者是王老爷、赵老爷请戏。

那些在台下看的孩童，从小就会在心里种下一个理想：将来自己长大了，也要走夷方，挣大钱，做老爷，然后请村里人看戏。这是一个朦胧而美好的理想。

关于"割马草的老爷"，在和顺更是一个人尽皆知的传奇人物。我看到关于和顺的不同文本中，他都不会缺席。在和顺人的口中，也同样以不同的语气讲述着关于他的故事。他几乎代表了"走夷方"的成功者的形象，是小镇财富故事的范本。

"老爷"，是和顺人对受尊敬的长者的称呼。但他们坚持在老爷前面加个"割马草的"词作定语，则是为了突出他身上的传奇色彩。这个称呼的意义其实隐藏于字面之后：一个割马草的小子尚且有成功的一天，更何况……

照片上的尹其顺老人面容黝黑，五官像岩石一样坚硬、粗糙，是个典型的被滇西阳光烤炙出来的农民形象。他的墓志铭记载着他一生的艰辛："……年十四经缅从商，始走夷山，末几迫曼德里……"他后来的成功使他童年的艰辛更多了一层意义，似乎是在印证着中国民间"吃得苦中苦，方为人上人"的古训。他自幼丧父，从小就靠割马草补贴家用，14岁跟人走夷方时，脖子上挂的只有几双草鞋。经过一番异国奋斗之后，他荣归故里，创办了"玉顺心"商号，娶了当年嫌他脏、丑，看不起他的富家小姐为妻。从事业到婚姻，尹其顺都完成了一个穷小子梦想成真的神话，也因此而成为无数和顺男人的榜样。

另外，还有一些在财富上可以"称王称霸"的人，也代表着和顺历史上很光彩的一页。比如有"翡翠大王"之称的寸如东、张宝廷、张兰亭，虽然他们的人生已经远去，他们的故居、宗祠却仍然在和顺的土地上矗立，关于他们的故事更是不断地被人重复。

一切都因为两个字：成功。

尤其在我们生活的时代，对成功的渴求似乎更加迫切，那些在他们的照片前面驻足停留的参观者，心里所羡的恐怕是他们身后闪着明媚之光的翡翠。翡翠，再加"大王"，足以让很多人为之心动和向往。

翡翠的光泽闪烁在男人成功的冠冕上。它代表着财富、事业、前程，一切令人羡慕的内容。对中国乡村的农民来说，千百年来的最大理想就是建一份殷实的家业，有一片肥沃的土地，过上自足而衣食无忧的人生。

这个算不得远大的理想，因为战争、时代变迁等因素的影响，真正实现起来却也不是那么容易。所以，才会有一代代人不辞艰辛地奔走、努力，甚至远走夷方的传奇。

中国农民的历史，是一部充满艰辛和沉重的厚重书页。

在和顺，我有幸见到一位刚刚从缅甸回来探亲的男人，他是新一代走夷方的成功者，叫胡广和，90年代初才奔着成功而去的新一代淘金者。当时是个刚刚二十出头的年轻人，因为老一辈传奇故事的影响，因为翡翠之梦的理想和魅力，约着两个朋友就踏上了异国他乡的旅程。他在缅甸的帕敢一住多年，经历了很多人生的艰辛，终于从一个只会给人出苦力的小工，成为今天手下有八九个小工的小老板。他的经历虽然不能和过去时代那些"翡翠大王"相比，但也算得上是成功。

如今的胡广和，已经是位稳重温和的中年人，异国的生活印记在他身上体现得非常明显。即使是回到故乡，他仍然身着"笼基"，趿着拖鞋，加上黝黑的皮肤，外形上已经和缅甸人几乎没有什么差异。他脸上始终挂着一份温和的笑意，甚至还有几分腼腆，问一句答一句，完全

不像我在生活中见惯了的那种善于巧言的商人的样子。他的缅甸妻子坐在一边，一言不发，脸上露出些羞涩的表情。他的儿子，一个英俊的少年从他身边跑进跑出，快乐自得。他的人生中所经历的一切艰辛，似乎都已经被这一份温馨悄然溶解。

他说，当年和他一起出去的两个朋友，后来因为吃不了苦，都跑回来了。

他说，当年给老板打工时，因为太辛苦自己也几次想跑回来。

他说，出去二十多年了，从去年起才第一次回乡探望父母、亲人。

……

我问胡广和：当年没有跑回来，是不是因为遇到了你现在的妻子？

他嘿嘿地笑了，没有回答，只是把目光投向妻子。

那一刻，他妻子的脸竟然红了。在这对中年夫妻的身上，我看到了爱情的影子。

有一句流行的话说：在成功的男人身后，都有一个默默奉献的女人的身影。在这一点上，任何时代都有着惊人的相同。在和顺男人、"走夷方"的成功传奇后面，一代代女人默默牺牲奉献的身影，都化作了小河边洗衣亭里几朵飞跃的浪花，无声地凝聚，然后消失。

如今和顺村外的洗衣亭，已经是一首温婉的诗，一个久远的梦。曾经的等待和期盼，曾经的男人和女人，早已经随风随水而去，只留给后人无尽遐思。

中国的乡村很多，但专门为女人

和顺洗衣亭

修建洗衣亭的地方恐怕不多，和顺难说是唯一。

就是这个可以遮风挡雨的洗衣亭，曾经感动了多少游人，让他们一边感叹和顺男人的多情，一边感叹和顺女人的幸运。当年那些远走夷方发了财的男人并没有忘记家乡的女人，还那么细心地想着为她们修建洗衣亭，送上几许遥远的慰藉。

可是很少有人知道，和顺曾经流传过一首民谣："有女莫嫁和顺乡，才做新娘就成孀。异国黄土埋骨肉，家中巷口立牌坊。"道出了和顺女人为家庭致富而做出的牺牲奉献，令听者不能不为之感叹。这是多么沉重的一份记忆！

侨乡和顺，是极边之地的产物，也是一代代和顺人勤劳创造的结果。它如同腾越大地上的一颗明珠，闪烁着明媚的光芒。侨乡文化，也是乡村文明的结晶。它所体现出的开拓进取、敢为人先的精神，对今天的时代来说更有值得学习的积极意义。

站在和顺的双虹桥畔，看着顺村远去的潺潺流水，还有鸭戏水面的乐趣与悠闲，突然觉得和顺其实也是一块玉，在时间岁月的打磨中，正在绽放出异彩，正在成为一个具有历史价值的精品，被时代郑重收藏。

极边第一城
——时光中的腾冲

# 六、一条流淌的精神河流

和顺风景

## 民俗文化是乡村的精神河流

在腾越辽阔的乡村大地上,世世代代生活着汉、傣、傈僳、回、白、佤、阿昌7种世居民族。他们虽然同居一块土地,但因为民族不同,生活习俗有异,有的民族居山头,有的民族居平地,有的喜欢唱歌跳舞,有的喜爱爬刀杆钻火海,长期以来形成了丰富多彩的民俗文化。

所谓"十里不同风,百里不同俗",正是一块土地上的人们生活形态丰富多样的生动体现。著名民俗学家钟敬文先生说过:人生活在民俗里,就像鱼儿生活在水里一样。水越深广,鱼儿游得更加欢畅。

在漫长的历史岁月中,生活在腾越乡村的人们创造了多姿多彩的民俗文化,它是教化、规范、维系、调节乡村生活的重要手段。它无所不在,和每个人息息相关,既是传承传统文化的重要方式,又让我们的生活更加生动可爱。

试想一下,辛劳一年的农人迎接年节会怀有多么喜悦的心情,对大地、上天的感激之情都将通过一系列的民俗活动得到体现。一个乡村孩子从出生那天起,便会在民俗的海洋里浸润、成长。洗三、满月、周岁、成人、结婚……每一个过程都会有相应的民俗陪伴他的生命,熏陶他的精神。生命因此而多了一份温情的呵护。

民俗文化是乡村的精神河流,千年万代欢快流淌,无声地维系着大地上众生的生存。

民国《腾冲县志稿》卷二十四,就专门记录了腾越大地上的"礼俗",并称:"明初开滇,江南从戎者多驻牧其地,故全腾人多金陵软语,其俗有吴下风。"说明腾冲的民俗,和它的移民历史之间存在千丝万缕的联系。那些从中国大地天南地北迁入腾冲的先民们,同时也带来了四面八方的民风民俗,又经历了和当地的土著民俗文化互相学习、融合的过程,最终形成现实生活中丰富而复杂的腾冲民俗文化。在一个开放的时代,它们所包容的丰富内涵,正在为旅游开发提供新的资源。

虽然腾冲的民族成分比较多,民俗风情也比较多样,但占主导地

位的还是汉民族的民俗文化。毕竟汉族人口最多,文化优势更明显。但各民族多姿多彩的民俗文化,又为腾冲的乡村生活增添了独特的异彩。尤其在一个和平清明的时代,这种文化上的互相学习、包容,共同进步,已经是一个时代的发展趋势。

腾冲的民俗受中原汉文化影响的痕迹无所不在。"四时八节必祭",已经形成一种自然的习惯。每年从过年开始,贴门神、换桃符、写春联,都是乡村最郑重、喜悦的场景。一位朋友告诉我,他小时候在腾冲乡村生活,每年过年时除了跟在大人身后做前面那些大事外,甚至连水缸、水井都要贴上符,以表示对神灵的感谢和敬畏。

初一早上,每家每户还会让孩子念上几段吉利词,以求得一年的平安吉祥。而且在不同的位置还有不同的说辞,比如下台阶时念的是:

台阶脚,一棵摇钱树,
一对白鹤来站住。
一个叫发财,一个叫发富。

上台阶又要念:

左脚跷,右脚跷,
代代儿孙得赶考;
左脚起,右脚起,
世世代代得卖米。

然后还要按顺序"开堂屋门""开灶房门"。最后站在院子中央念些吉祥的话语:

一个院子四个方,
荣华富贵大吉昌。

> 太阳出来亮汪汪,
> 世世代代得安康。

表达的其实都是希望一年四季家庭平安顺利的美好愿望,朴素而又充满生活的情趣。跟在大人身后欢蹦乱跳的孩子们,从这些纯朴虔诚的民间仪式中,接受了最早的民间文化教育。天地和顺,人神共乐,一直是乡村民俗的基本内涵。

在这种质朴的民俗文化氛围中成长起来的人,才会知礼仪,有进退,对天地神灵怀一份敬畏之心,做人做事有某种规范的约束。这就是乡村民俗功用的具体体现。

经历千百年而形成的民俗文化,是乡村缓缓流过的精神河流。它滋润大地、滋润人心,让那些古朴悠长的岁月变得更加深情而富有意味。

如果有机会来到腾冲的乡村,一定要亲身去感受体验一回那里的民俗,这样才能真正走近大地和人的心灵,获得一份纯朴的快乐。

## 傣族的节日和歌舞

提起傣族,人们马上会联想到竹楼、凤尾竹、村口的大青树,还有铓锣声中翩翩起舞的傣家小卜少。这是一个性情温和如水的民族,也是一个能歌善舞的民族。

腾冲的傣族分布于荷花、五合、芒棒、团田、蒲川等乡镇,其中荷花乡的羡多村是傣族最集中的村寨之一。进入这里,浓郁的傣乡风情立刻扑面而来,380多户傣族人家散落在大自然美丽的怀抱里,依山傍水而居。孩子们在小河边嬉戏,勤劳的傣家妇女在小河中清洗衣物。尤其令人称奇的是,这里的田野中飞翔着无数神性的白鹭鸶,如同天地之间的精灵,和傣族人民相生相伴,蔚为奇观。

傣族是全民信教的民族,信仰为他们的生活蒙上了一层神性的面

纱。相信万物有灵，与大自然和谐共处，使傣族人的生活充满一种平和宁静之美。连白鹭也喜欢和他们为邻，白天在田野、竹楼边起舞，夜晚来临时就在大青树上安然栖息。

和德宏、西双版纳等地的傣族一样，腾冲的傣族一年中也有许多重要的节日。这些节日为他们平静的生活增添了异彩，也为周围的其他民族群众送去欢乐和吉祥。除了来自四乡八里的傣族群众，还有很多其他民族的群众前来祝贺，共同欢庆节日。

泼水节是傣族的新年，是一年中最盛大的节日。泼水是表示喜悦和祝福，本民族的人互相泼水，各民族的人也互相祝福，共享快乐。现在外地游客最向往的，也是能赶上这样重要的节日，亲自感受、体验一个民族辞旧迎新的喜悦。也许他们并不是每一个人都了解"泼水节"的起源和确切含义，但他们从那些飞溅的水花中却能真实地领略到傣族人民发自内心的喜悦和祝福。

所以，"泼水节"已经正在超越民族生活的界限，成为欢乐吉祥的代称。

此外，傣族还有"关门节"和"开门节"。

农历七月中旬（傣历九月十五日）是傣族的关门节，傣语叫"进洼"，意为佛祖入寺。这是一个和宗教有关系的节日，其中也体现了佛教的普世情怀。相传当初佛祖在西天讲经，派出去传教的佛教徒太多，踩坏了老百姓的庄稼，影响了老百姓的生活。佛祖知道后，内心很是不安，于是再到西天讲经时，便把佛教徒集中学习，三个月不许外出。世人称之为"关门节"，关起门来静修、学习。

和"关门节"相对而言，"开门节"又叫"出洼"，意思是关门学习的时间结束，可以回到世俗生活。所以，这也是一个快乐吉祥的节日。

傣族是一个很懂得顺从自然规律，热爱生活的民族，从这些节日中可以感受到他们对生活的理解和挚爱。长达三个月的"关门节"，恰好是云南的雨季，也是农闲季节，正好可以居家安心修行。而"开门节"到来时,雨季已经结束,是庄稼丰收的季节。人们身着盛装去佛寺还愿,向佛送上最真诚的祭祀,然后举行一系列活动,欢歌起舞尽情娱乐,共庆丰收。

在这里,节日既是宗教仪式的需要,也是对生活节奏的适度调节,非常人性化,而且符合大自然的规律。"关门节"期间,很多人都要到佛寺祈福,安静地聆听佛的声音。而"开门节"到来时,则尽情投入世俗生活,享受收获的喜悦。

节日到来时,歌舞是必不可少的环节。只是腾冲的傣族和别的地方的傣族略有不同,他们因为大分散、小聚集,和汉族人相近而居等关系,某些方面还是或多或少体现出受汉文化影响的一些痕迹。比如在"开门节"到来时,除了保持傣族的祭祀方式外,也燃放火花、点孔明灯。

腾冲傣族的歌舞主要有"嘎光"和"麒麟舞",在不同的傣族村寨里流行,而且在不同的节日上演。比如"泼水节""开门节""关门节",一般会表演"嘎光",因为这是一种自娱自乐的群众集体舞蹈,特别适合营造节日欢乐的气氛。随着欢快的铓锣声响起,人们自动围成圆圈,表演就开始了。内容可谓丰富多样,技艺高的舞者可以跳出"金鸡啄谷""金鸡朝阳""鲤鱼抢水"等等与乡村生活关系密切的内容,既是对生活的模仿,也是对生活的艺术超越。"嘎光"的形式多样,生动活泼,有"双鼓对跳""走圆圈""打西门"等等。

傣族还有种舞蹈叫"麒麟舞"。麒麟原本是中国民间传说中的神兽,早在周代就与龙、凤、龟并称"四灵",而且列为"四灵"之首,是代表太平、吉祥的动物。所以,从名称上即可听出其和汉文化的关系。这种舞一般在春节时进行,目的是祈求神兽为百姓带来一年的平安吉祥,其娱乐性和祭祀功能堪称完美结合,让傣族民众在节日氛围中接通天地神灵,获得新的一年的希望和祝福。这种舞蹈主要在腾冲的五合、团田、蒲川一带的傣族村寨演出。起舞的角色除了麒麟,还有小白马、笑和尚,甚至会出现汉族的历史人物赵匡胤,受汉文化的影响十分

明显。有人说这种舞和汉族年节时表演的"狮舞"有异曲同工之妙。

无论"嘎光"还是"麒麟舞",起舞的时刻都是乡村狂欢节的开始,舞场上的舞者翩然起舞,观者兴起也可以加入其中。山寨的快乐就是这么单纯而质朴。

腾冲的傣戏也是值得一提的剧种。

傣戏是清代以来才出现的珍稀的民族剧种,它既有傣族文化的内涵,又受到汉族文化的影响。它最早出现于腾冲荷花乡的永乐、羡多、朗烟、坝派等村寨,一般在春节、中秋等重要的节日演出。演出的剧目大多是汉族文化中的历史传说,比较经典的剧目如《薛丁山》《樊梨花》《保双龙》《五鼠闹东京》《游魂关》等,大多是汉族的评书、演义中流传甚广的人物和故事。唱腔和伴奏也出于汉族戏剧,比如男角唱徵调,女角唱羽调。但在服装上保留了一些傣族的特色。

傣戏是汉傣文化有机结合后的艺术产物。最早也许是因为某位土司、头人对汉族戏剧的喜爱,于是才有了学习加工、改良。傣族原本就是个有着很好艺术天赋的民族,在向汉族学习文化艺术的过程中,发展丰富了本民族的艺术类型。

## 傈僳族的刀杆火海

傈僳族是一个特别的民族。他们主要聚居于怒江峡谷一带,云南省内有怒江傈僳族自治州和维西傈僳族自治县,此外便分散居于各地。腾冲境内的傈僳族,主要居住于猴桥、滇滩等乡镇。

在腾冲乡村采访的时候,也经常听当地朋友说起傈僳族在抗日战争中的表现,讲述他们抬着弓弩和日本侵略者战斗的故事,敬佩之情油然而生。

傈僳族的"刀杆节",早已经为外界所熟知。傈僳族汉子赤着脚上刀山下火海的场景,常常能唤起观者的一片惊呼声,为他们勇敢、尚武的精神而欢呼。

## 六、一条流淌的精神河流

这是一个勇武、耿直的民族，也是一个有着强烈家国观念的民族，所以，他们才会为纪念明代兵部尚书王骥而设立"刀杆节"。

王骥（1378—1460年）是真实的历史人物，明代束鹿（今河北辛集市）人，官至兵部尚书，正二品，相当于今天的军委副主席、国防部部长，或总参谋长，总之是明代的高官。他和云南的历史渊源缘于边关征战。云南地处边关，民族众多，国境线漫长，历朝历代都是朝廷最关注的地方之一。

历史上的"三征麓川"，让王骥和云南结下了不解之缘。为了保卫边关，明代在麓川设了平缅宣慰使司（今云南德宏州境内），是个事故多发地段，很让朝廷操心。尤其是那个姓思的几代宣慰使，总是喜欢和皇帝对着干，隔三岔五便来一次叛乱。所以，才会先有"景东之战""定边之役"，后又有兵部尚书王骥亲自出马的"三征麓川"之行。

三征麓川：

第一次是明正统六年（1441年），以平缅宣慰使思任发大败而结束。

第二次是明正统八年（1443年），以思任发之子思继发大败而结束。

第三次是明正统十三年（1448年），王骥分别和思任发的几个儿子对阵，双方勉强打了个平手，最后以和思洪发缔结合约而告终，并勒石为铭："石烂江枯，尔乃得渡。"

在王骥"三征麓川"的过程中，腾冲都是他重要的战略基地，也是征战双方争夺的要地。传说王骥的指挥部就设在今天猴桥镇的轮马村，一个傈僳族人聚集的村子，傈僳族也因此而和王骥结下了一份不解之缘。无法考证在明军征战的过程中，傈僳族人是否参与其中。但他们对王骥的印象良好，因为他代表朝廷，还带领当地民族一起开边戍边，组织傈僳族青年习武练兵，为守卫边关而进行了大量人力物力的准备。

后来，王骥的结局被染上了一层民间传说的色彩，演变出不同的

极边第一城
——时光中的腾冲

版本。有的说正是因为他在边关的行动,让朝廷犯了猜忌之心。有的说是遭奸臣诬告,被朝廷召回京城,在八月十五这天被皇帝用毒酒害死。有的说在他回到京城后二月初八的"洗尘宴"上,被奸臣用毒酒害死。这些传说都很有民间色彩,也颇富中国戏剧的传奇性,忠臣良将总是遭人陷害,落一个悲剧的结局。这对民间来说,更容易激发起同情之心和对善恶的分辨。

总之,傈僳族人民知道王尚书的悲剧结局后非常悲伤,特意创立了刀杆节,以"上刀杆,下火海",练武比勇的方式来纪念他。日子就定在传说中他遇害的二月初八这一天。这个节日的内涵除了纪念,还有习武练功等内容,向观者展示一种勇敢的尚武精神。

这个节日因为历史的传说而附上了一层悲壮的色彩。

"刀杆节"其实从二月初七的午夜就开始了,因为还有一个传说,说王骥是二月初八的午时三刻被皇帝推出午门斩首的。细心的傈僳族人推算出,他被押赴刑场的时间便应该是二月初七的子时。所以"刀杆节"其实从二月初七子时就已经开始,先是"下火海"的表演,第二日午时三刻才是"上刀杆"的开始。

了解了这个节日的来龙去脉后,让人更加感受到傈僳族人待人的真诚与善良。

其实在真实的历史中,王尚书应该没有遭遇悲剧的结局,而是善终。《明史》有关于王骥的记载,"三征麓川"之后,"骥还,命总督南京机务。其冬,乞世券,与之"。世券,又称铁券,是明代赐予功臣,使其世代享有特权的凭证。每副分成左右两块,左存功臣,右存内府。如果子孙犯罪,"世券"便是将功折罪的通行证,可保子孙平安。由此可见朝廷对王尚书的倚重。王骥为明代朝廷服务多年,可谓劳苦功高。年事已高后便告老还乡,后以83岁高龄辞世。死后也自有一番哀荣:"赠靖远侯,谥忠毅。"子孙也因有"世券"而得以继续安享富贵。

王骥留在腾冲民间的传说,有种种历史的原因,有可能是交通不便、通信不便导致的误传。但是,民间传说中的悲剧结局,似乎更能体

六、一条流淌的精神河流

现民众对朝廷奸臣的不信任，也更能激励民众的审美情感。所以，历史和民间传说之间的真伪似乎变得并不重要了，重要的是对一个人物的怀念，对一段历史的纪念，还有民族精神和习俗的体现。

腾冲傈僳族的"刀杆节"，以猴桥镇轮马村最有名。

这里是真正的"极边"之地，只隔着一条河流便是异国的土地。因为每年一度的"刀杆节"，这里也吸引着很多旅游者的足迹。从二月初七这天开始，山坡上便搭起一个个色彩艳丽的帐篷，乡村的山野开始有了节日的气氛。四乡八里的各族群众都会赶来这里过傈僳族的节日，感受一份节日的欢乐。卖山货、烧烤的摊点更为节日增添了一些世俗生活实实在在的内容，让人们多了些节日的享受。

乡村的节日是不分你我的，这里有最纯真的笑脸，也能体现真正的快乐共享。

夜晚降临，傈僳族民众开始在山寨中间燃起篝火，围着火跳起古老欢快的舞蹈。那些火堆在充分燃烧之后，形成一片火红的火海，期待着勇士们的光临。

轮马村的民众为了纪念王尚书，甚至还专门为他建了座"王骥庙"。初七夜的子时，那些参与"下火海"的傈僳男人们，先要在这里为之上香、献祭、祷告，从庄重的仪式中获得某种"神力"，然后赤足冲到外面火炭堆上，开始展示动人心魄的"下火海"。

那可是熊熊燃烧的火炭，热浪滚滚扑面而来，而傈僳的勇士们却以过人的勇气在火炭上自由穿行、舞蹈。那个时刻，只见火花飞溅，人影闪动，在四周人群发出的"嗷嗷嗷"的欢叫声中，节日的气氛被推向高潮。

这是真正的乡村狂欢之夜，是传统民俗和民族精神的完美结合。

第二天的"上刀杆"，则是另一种勇气的表现。蓝天白云下的山野，直指云霄的刀杆令人有心惊之感。那可是由72把有名的"户撒刀"架成的名副其实的"刀梯"。那些傈僳汉子照例先要祭拜一番王骥的画像，有一番喃喃地祷告，饮下一碗壮胆的烈酒，然后赤足攀登那座让普通人望而生畏的"刀梯",向世界展现他们勇猛的神力。

普通人即使是一连攀登72级阶梯,也会气喘吁吁,可现在那些傈僳汉子面对的却是72把刀梯。只见他们熟练而神速地攀缘而上,没有丝毫犹豫和胆怯。祖先英勇善战的血液在他们血管里奔流,祖先的精神在他们勇敢的身影中再生。攀到刀梯顶部的那一刻便是成功的时刻,勇士们掷下小红旗,点燃鞭炮,向四面八方的观众致意,同时也在宣告自己的成功。那一刻,山野一片欢腾。

据说,丽江和怒江一带的傈僳族也过"刀杆节",但都是从腾冲轮马这边传过去的。

## 阿昌族"蹬窝罗"

阿昌族是云南世居民族之一,也是云南八个"人口较少民族之一"。腾冲境内的阿昌族主要分布于南部山区的菖蒲河、梅子坪一带。

明代王骥的"三征麓川",对地处边关的阿昌族的生活也发生了一些影响。比如带来了内地先进的农业生产技术、铁器技术,对阿昌族农业和手工业的分工、商品经济的发展都有促进作用。和很多云南民族一样,阿昌族也是一个能歌善舞、快乐开朗的民族。他们别致的民族歌舞,为丰富多元的腾冲民俗增添了独特的内容。

腾冲境内的阿昌族最有影响的歌舞当推"蹬窝罗"。"蹬"指的是边歌边舞的形式,"窝罗"在阿昌语中是"堂屋边的欢乐"。"蹬窝罗"每年春节后两天举行,附近村寨的群众闻讯也会赶来参加,为春节添了一层欢乐祥和的气氛。

"蹬窝罗"需要特殊的道具和氛围,一般要在场地中间摆一张桌子,上面放满类似于供品的各类食物,还要点一盏灯或者燃起火堆。歌舞就围绕着中间的"窝罗"进行,还得有一个领舞的"烧干",众人跟随其后边舞边唱。大型的场合,建起高达五六米的牌坊做台场,上面绘制着太阳、月亮,还要高挂一把巨大的弓箭。

## 六、一条流淌的精神河流

有人说云南是民族的天堂,歌舞的海洋,这话不假,每一种歌舞除了娱乐的功能外,都会附着一些特殊的意义,如果深入进去,你会发现云南的民族歌舞其实是一座很值得深入探究的人文富矿。"蹬窝罗"在欢乐热烈的气氛中蕴含的就是阿昌族人对祖先的崇敬和缅怀,有很多值得开掘的民俗学、人类学、艺术学等方面的价值和意义。

当历史行进到一定阶段后,每个民族都会思考一些相同而抽象的问题:我们是从哪里来的?我们的祖先经历过怎样的艰辛才传承了今天的子孙后代?所有问题加起来,就是一部关于人类起源的深奥无比的"十万个为什么"。如果是今天,可以综合多种学科的知识,从多角度进行科学研究,一一作出理性的解答。但是在民间生活中对同样的问题却有着完全不同的思维,丰富的想象力造就了不同民族对天地起源、人类起源的种种想象和传说。人类的原始思维和对世界存在的思考与追问,在这些传说中闪烁着动人的光芒。

"蹬窝罗"就和阿昌族一个古老的传说有关,它告诉我们这个民族一些生动形象而又久远神圣的秘密。在历史的帷幄后面,阿昌族的天神叫遮帕玛和遮米麻,分别是天公和地母,他们分工合作创造天地。天公负责创造和天空有关系的事物,比如太阳、月亮。地母负责创造天空下面的事物,比如大地、海洋。天地造好后,他们幸福地结合了。但他们造人的过程却比较复杂,先是长达九年之后地母遮米麻才生了一颗葫芦籽,种到地里结出一个磨盘大的葫芦,剖开葫芦后里面终于走出来最早的人类,他们是不同民族的祖先,比如汉族、傣族、白族、哈尼族、景颇族、德昂族……最后是阿昌族,一共九个民族。他们都是一个母亲生的孩子,所以在生活中一直保持着亲密的关系。

在一部名为《遮帕玛与遮米麻》的史诗中,记载着阿昌族的始祖是如何辛勤地创造了天地和人类,后来又经历了种种磨难,诸如洪水泛滥、降伏恶魔、重建人间等等,其经历曲折生动。史诗还以民间思维的方式,有趣地解释了一系列和人类生存关系密切的"为什么",比如:男人为什么没有乳房?女人为什么不长胡子?大地上为什么有凸有凹?

这些具体而玄妙的问题，今天的人看来也会觉得有趣。

在神话传说中，天公地母完成了一系列辛苦而复杂的创造后，因为是神，所以要回到天上居住。而大地上的子民对他们依依不舍，又不能跟随而去，于是离别的时刻到来时，他们只能仰面朝着天空，用举手顿足的方式表示对天神的留念，并且把天神教给人类的种种生活知识用歌声吟唱出来，代代相传，后来就形成了"蹬窝罗"的歌舞形式。边唱边舞都是为了怀念两位创造天地万物，带给人类幸福的天神。所以，在有的村寨的"蹬窝罗"舞蹈中，你会看到舞者每走一步，就会仰头看天空一次。不知道的人以为这只是一个简单的舞蹈动作，走进阿昌族历史的深处才会理解，这个望天的动作后面原来蕴藏着深刻的寓意，它传达的是阿昌族人对始祖的怀念与敬仰，是人与神对话的神秘仪式。

腾冲境内的阿昌族大多是散居，人口较少，和邻近的德宏地区阿昌族聚居区的"蹬窝罗"相比，场景并不宏大，也不一定有乐器伴奏。但参加歌舞的人可以用鼻音哼唱伴奏，另有一种特别的风格，气氛却一样热烈而欢快。

而且除了春节，在日常生活中如果遇到结婚、盖新房之类喜庆的事，也可以举行"蹬窝罗"的联欢活动，图的就是个热闹和喜庆。中间的桌上可摆放的也可以是时鲜水果、待客的烟茶，大家跟在领舞的"烧干"身后欢歌起舞，既表达了对天神的怀念，又使乡村的日子多了一份温馨与明媚。一些新的生活内容也开始出现在歌词中，古老的民俗也在与时俱进，它体现了遮帕玛与遮米麻的子孙们在追求幸福理想生活的新变化。

腾冲的乡村，就是这样一块有着宽广包容精神，各民族不同习俗和谐共存的土地。在年节到来时，可以从汉族的舞龙灯队伍中感受普天同庆的欢快，也可以从阿昌族的"蹬窝罗"中感受对古老神灵的敬意。因为丰富多元的民族歌舞和民间习俗，它们所传达的信息是相同的：人类快乐而诗意地生活在大地上。

## 在乡村，神马不是浮云

神马不是浮云，是 2011 年网络上的一句流行语。

但在腾冲，神马确实不是浮云，而是真实的存在。我在和顺镇的文昌宫里第一次见到这个神奇的"神马"时，就被它俊秀的身姿所吸引。

神马又叫甲马、纸马，民间祈福、禳灾、祭祀等活动时用的那些雕版印刷品，就是神马的总称。在中国民间，神马是吉祥特异之物，据说灶神骑的马就是神马。也有以精神为马之说，寓意超凡脱俗、随心所欲的境界。成语的"尻轮神马"，指的就是这种奇异的神游之境。

**腾越神马**

腾冲的神马，是一种特殊的木刻艺术，主要印制神佛之像，供乡村人家张贴用，或在祭祀活动中焚化，以表示对神的敬意。最受民间欢迎的有"财神""合和喜神"，还有"木神""火神"等等。据当地一位朋友说，腾冲的很多村子都会印刷神马，而且界头新庄村产的手工棉纸是最好的材料，讲究一点的还要用彩纸来印刷。

在一个宽松和谐的时代，神马的出现意味着对民间信仰的包容和尊重。在和顺文昌宫，神马艺术就是吸引游客的资源之一。他们可以目睹、参与到印刷的过程中，或者请几张神马回家，既是旅游的纪念，也带回一份吉祥的祝福，其意义是多方面的。

和顺文昌宫里的神马艺术馆内，有许多神马雕版展出。据当地朋友介绍，其中有一些是很有价值的"雕版"，比如清代道光年间的，民国年间的，还有当代的，有喜欢收藏的游客，会专门买回家去作为民间艺术品珍藏。2006年3月，腾冲神马艺术还被中央电视台《鉴宝》栏目选中，专家鉴定后认为腾冲神马艺术雕版存世很少，具有很高的收藏价值。这个鉴定结果无疑为神马艺术带来了好运，让更多的人意识到它的价值。

我在腾越乡村行走时，在一些农家的门框上，再次与神马相遇。在这里，它不是用来收藏，而是和乡村生活紧密地交融在一起，是艺术"原生态"的最好体现。

那些神像以简洁的线条，朴素的形象，安然立于农家小院的门窗之上，承担着保佑一方平安的重任。在江苴那条沉寂的直通茶马古道的小街上，那些古旧的门窗上，同样张贴着新鲜印迹的神马画像。人们对美好生活的向往，从这些神像的张贴上体现得非常鲜明。

合和二仙是吉祥之神，是中国民间生活理想和愿望的集中表现。谁都希望"家庭合和，婚姻美满"，所以，他们身上代表着人类最纯真的理想和希望。也有人说，他们是与时俱进的神，是中国"合和文化""和谐社会"的象征。这些说法都有一定道理，作为乡村百姓所期望的也就是一个清明的时代，一个发展进步的社会。

财神更是人间最受欢迎的神之一，他手上托着的闪光的金子，象征的是美好的希望，是劳动后的收获。特别是经商之风盛行的腾越大地，财神更是吉祥的神。

在乡村，人神和谐共处，既怀一份敬畏之心，也不乏爱慕之意。

毕竟在几千年的中国传统文化中，人与神从来都是不可分割的关系。神有自己堪称完善的谱系，有不同的分工合作，而且还有具体的形象昭示于人。与传说中的神灵相比，神马艺术中的神更多了一份平易与亲和。

在腾越乡村，神马确实不是浮云。

## 腾冲民歌：盛开于乡村的奇葩

来到腾冲的乡村、民间，总会给人一些意想不到的收获。

我意外地得到一本由瞿鸿生、韦国忠编著的《乡野韶乐》，可以称得上是腾冲民歌的集大成者。在大家都热衷于追赶现代化生活方式的时代，还能有人潜心于民间歌谣的收集整理，这也是一次对流散的民间精神的追寻之旅，真是令人非常感叹。

"导言"中的一句话尤其让人心动，作者坦承他们是在民歌的氛围中长大的，而且"有时为之欣喜，有时又因为它而伤心断肠"。正是这句话感动了我，让我对腾冲民歌产生了兴趣，并走进它浩瀚的海洋，去发现蕴藏其中的民间精神。

和民歌相联系的是民俗。

民歌大多是在乡村的民间节日或者乡村婚丧嫁娶的场合出现，它既是乡村文化的集中体现，又包含着淳朴的民间精神。随着现代化生活的步伐，这些原属于乡村的韵律正在或已经被流行歌曲的旋律所取代，发掘和传承显得尤为重要。我并不反感流行歌曲，它一定包含了现代人喜欢的某些元素和精神，所以才能"流行"。但每一首歌都还得经受住时间的检验和淘汰，才能决定是否能在生活中保留下自己的位置。

而那些流传于乡村的民间歌谣则不同，它们顺时间之流而来，诞生于乡村肥沃的土地，曾经滋养过无数代民众的心灵。因为生于乡野，它们多了些原生态的自由之状，少了些规范和约束。在乡村悠长的历史河流中，民歌是乡村文化的集大成者，一方民众的传统、道德、审美、理想追求，都会从中得到彰显。因为民歌的作者是大众，还因为民歌在流传中的变易性，人人都可以是作者，人人都可以对民歌进行加工创造，一代代人的欢乐和痛苦都会浸透其中，所以才会让听者或者为之欣喜，或者为之断肠。

民间文化所滋生的艺术感染力，有时候是非常惊人的。

这就是腾冲民歌的意义所在。它不但从小培养熏陶一个人的艺术审美能力,而且在维系传统道德和乡村秩序的过程中,有不可低估的作用。要了解腾冲的乡村,不能不走进腾冲的民歌,这是一个浩瀚的海洋。而且,它所体现出的基本全是汉文化的观念和审美,是汉文化在腾越乡村落地生根后开出的山野之花,野性之中蕴藏着深厚、质朴的内蕴。

在段培东先生家采访时,我曾听他说起一段和民歌有关系的民俗,印象非常深刻。那是当年抗战结束后,国殇墓园建成,腾冲为抗战英烈举行了隆重的公祭。民间则用作水陆道场、燃放河灯的习俗进行祭奠。腾冲人甚至没有忘记为那些葬身中国大地的侵略者也放一盏河灯,一些老人还咏唱着自编的民谣:

日本鬼,回家吧。回家见你妈,
搂着你的媳妇,抱着你的娃娃,
不要再来中国乱跑啦!

只有具备几千年底蕴的汉文化,和汉文化熏陶出来的中国人民,才会有如此广阔的心胸,即使是面对在自家门前犯下罪行的侵略者,也能赐予悲悯和同情。

而民间生活中那些能让人欣喜的民歌,更是具有一种开放、率真的风格。

比如民间情歌的大胆泼辣,就有让人耳目一新的效果:

天上大星管小星,地上抚台管军门;
只有知府管知县,哪个管得唱歌人。

在爱情的激励下,人会变得无所畏惧,率性而为:

> 刀砍翠竹不死根，火烧芭蕉不死心；
> 刀砍人头落地滚，落地还要唱几声。

《月月想妹》中唱出的却是爱情难成的刻骨相思，从正月唱到腊月，在四季的景色变换中唯一不变的是令人感动的缕缕情思。

这些歌有的欢快活泼，有的相思缠绵，从一个侧面展现了乡村世世代代生活着的男人女人们丰富的情感世界。它让我们相信，那些在田野中辛勤劳作的父亲母亲们，那些倚在村边晒太阳的爷爷奶奶们，也曾经有过如花的青春，如梦的情怀，也曾对人生有过那么美丽的向往。大地也因为这些动情的歌声而变得更加温柔媚人。

赶马、耕田、种地、采茶……农业生产的内容，在腾冲民歌中也多不胜数。唱自己的人生，唱自己的欢乐和痛苦，是真正心灵之声的流露。从这些歌中，可以感受到乡村生活诗意和辛劳并存的现实。城里人看到的只是乡村的诗意一面，而身在其中的人才能真正体验到乡村生活的丰富与实在。即使是唱爱情的民歌，也与生产、生活交织在一起进行："马戴铜铃响叮当，小歌赶马去他乡；今天干季出门去，等到回家地满霜。"生存的无奈和情感的牵挂交织在一起，难以分开。

一些令人感到沉重的历史，在民歌中也有真实的记录。如《修路歌》，副标题又叫《史迪威公路歌》，记录的是滇西人民参与抗战的史实。关于民众参加修筑滇缅公路的历史，和那些充满主旋律感的宣传相比较，民歌中的记录更有真实之感。因为它取的是民间视角，从一个家庭中父母对子女的牵挂入手，细致传达了民众在抗日战争中的牺牲和奉献。从正月到腊月，亲人都在牵心挂肠中度日：

> 一人修路全家忙，抗日救国去远方。
> 今日出门送亲人，不知何时返回乡。

而那个出门修路的民工，他也在经历意想不到的艰难困苦："苦出

疾病无药医,累死尸骨难还乡。""袋中无米难下炊,山芹野菜灌肚肠"。即使这样,他心里还是想为父亲、家庭有所贡献:"几文工钱不敢用,难孝爹妈养家园。"这样的歌,不经历过那段特殊历史的人,是无法吟唱得出来的。它流露出难耐的忧伤、无奈,也有一种隐忍的坚强,对理解抗战历史和民族精神,都是非常可贵的素材。

令人惊奇的是,腾冲民歌中竟然还曾流行过一首《知青调》,比较完整地描述了"知青"上山下乡这一事物,有过程也有场面和细节。难得的是歌中对知青生活没有有意拔高也没有故意贬低,真实还原了特定历史环境中的一段特殊历史。这对我这样当过知青的人而言,听起来更有一种亲切之感。这就是民间视角下的知青生活,在时代和政治的作用下,他们的青春和乡村结成了一种剪不断、理还乱的关系。用民歌略带戏谑的口吻吟唱出来,反讽后面也有拂不去的淡淡忧伤。

最让人"伤心断肠"的,还是那些在乡村具有"醒世"或"警世"意味的"孝歌"。据说在有的乡村,如果请到了能唱会唱的高人,他所唱的孝歌会感动得周围的人泪流满面,极富感染力。因为亲情、生离死别,是人类所共有的经历和情感,每个人都会从中有所启示或者触动。而且从腾冲乡村流行的孝歌中,可以感受到中国汉文化传统的很多理念,在漫长的历史过程中,人伦、道德,都曾是中国文化中必须遵守的基本道理,也是乡村社会得以正常运行的维系手段。

腾越大地上生活的民众,在对待生死的问题上,曾经都有一套严格的礼仪。出于对生命的热爱和尊重,一个人来到世上和最后告别人世,亲人们都会给予他隆重的礼仪。只是"生"带来的是希望和快乐,"死"则附着了悲伤与痛苦。这个过程中形成的民俗内容丰富而多样,体现在民歌中则生成了许多与民俗相对应的歌谣,可以在不同的场合进行演唱。

以唱孝歌为例,就有着一套比较烦琐的程序。正式演唱之前有"开歌"仪式,在老人灵位前进香三炷,既是行礼,也是拉开孝歌的序幕。所以每进一炷香,都有不同的唱词,对主人家进行安慰和祝福。进香之后，还要"开四门"，意为四门打开，歌咏开始。东南西北的楼都要唱到，以示周全。另有"进财门"的歌，对丧家表示祝愿；"上坡"调则有为亡灵指路之意。"开歌"仪式之后，才正式开始孝歌的吟唱。

中国传统文化讲究"忠孝节义"。《封神演义》第二十回有"民知有忠孝节义，不知妄作邪为"之言，虽然是封建时代的产物，但是对中国乡村民间而言，其中的积极意义还是显而易见的。对国家要忠诚，对父母要孝顺，这是任何时代都适用的基本道德。

所以，"孝歌"是唱给仙逝的父母的最后挽歌。虽不是由孝子亲自来唱，但体现的却是孝子悔恨、悲伤的心情，是民间集体经验的提升和概括，是丧礼上最能打动人心的吟唱。在腾冲民间流行的哭丧调有《十二月想爹娘》系列，有《孝子怀亲调》《触景思亲调》《哭丧散调》《献更汤》《丁兰哭母》《谯楼鼓》等等，每一首都是对父母养育之恩的歌唱与回想，每一首都具备感人肺腑的情感和力量。

在《孝子怀亲调》中，不同身份、地位的人，都在"孝子"这个角色中找了人类情感的共通性。孝子可能是个耕田郎、打鱼郎，或是读书郎、生意郎、公务郎，但在生身的爹娘面前他们只有一个角色：孝子，都欠对父母未来得及报答的养育之恩。正所谓"树欲静而风不止，子欲养而亲不待"，虽然职业不同，但面对的哀痛都是相同的。所以，孝歌唱出的是天下孝子的共同心声：

  一顶丧帽三股筋，戴在头上孝双亲。
  一件麻衣拖地长，穿在身上孝爹娘。

也许，只有面对生离死别的时刻，世人才会想起父母的种种恩情，才会对自己平时对父母的忽略有所悔悟。

  再不使儿倒茶汤，再不使儿添开水；
  堂火不烤冷双手，床铺空设无人睡。

死亡以它无情的方式让人幡然悔悟。唱孝歌的过程，也是传播民间文化的过程。很多做人的基本道理，正是在歌者悠扬悲切的吟唱中，潜移默化地进入人心。

更难得的是，这些孝歌中，还有一首非常有人情味的《丧堂谢亲调》，它是孝子对帮忙参办丧事的亲友的感谢之辞，唱得情真意切，韵味深长。它也是乡村文化礼仪既周全细致又颇富人情味的体现。孝子对前来吊唁的亲友一一诉说心声，送上感激的话语。面对至亲的伯父伯母，他毫不掩饰自己的悲伤，因为："伯父与父同娘养，伯母与母同灶房。见伯如同父一样，见了伯母侄心伤。"见了叔父叔母、姑父姑母、舅父舅母、表兄表弟、婶婶姐妹，都有一番悲切而动人的诉说。还有远亲近邻，孝子都要一一表示自己的感激之情。

很难考证这些在民间广泛流传，并起着道德教化作用的民歌的作者是谁。也许出自一些多才多艺的民间艺人之口，也许出自一些对父母怀有愧疚之心的孝子之口，总之它源远流长，出自乡村，又服务于乡村，是乡村民间文化中的一朵奇葩。

民歌中包含着的民间礼仪，如同一条缓缓的河流，千百年来滋润着乡村的日子，同时也是进行人心、人性教化的生动教程，这远比书本上生硬的教条更能俘获人心。乡村文化正是以这样人性化的方式代代传承，默默滋养着腾越大地。

因为民歌、民俗中周全的礼仪，更因为礼仪中那一份亲情和情感的浸透，乡村的人生因此而多了些温馨的抚慰。

# 七、美丽事物的光与影

## 绵延的高黎贡是大地上的一首诗

高黎贡不仅是一座山脉,更是大地上奔腾起伏的一条龙,是一首古老绵长的诗。

有人告诉我,"高黎"是一个山中古代部落的名字。也有人对我说,"高黎贡"是景颇族语言,意为"离太阳最近的地方"。两种说法都有道理。

腾冲境内的明光、界头、曲石、上营四个乡,属于高黎贡山自然保护区范围。

腾北大地的乡村,因为有高黎贡的呵护而变得格外厚重、美丽。我在腾北乡村行走的那几日,似乎永远都走不出高黎贡的视线,无论汽车跑得多快,只要一回头,高黎贡就站在那里,以它无尽的宽广胸怀包容着大地和大地上的所有事物。而且从清晨到傍晚,它的色彩、姿势都会有奇妙的差异,展现出风情万种的变化。

高黎贡是大地上永恒的存在,用比较专业的语言来描述,它是"印度板块和欧亚版块相碰撞,及板块俯冲的缝合线地带",但我更愿意相信,这是只有神的力量才能创造的事物,一定是开天辟地时代神的杰作,是盘古轰然倒地后的骨骼变化留给人类的一笔巨大宝藏。所以,在这道连绵起伏的山脉中,才会珍藏着无数大自然鬼斧神工的杰作,奇峰怪石,峡谷魅影,到处是雄奇险峻的风光,到处是奇异的生物、植物。

这条一口气跨越了地球上五个纬度的山脉，宛若一座巨大的自然宝库，不能不令每一个走近它身边的人叹为观止。它头上竟然有那么多光环在闪动：国家级自然保护区、世界上极珍贵极稀有的生物多样性突出地区、被世界野生生物基金会列为A级自然保护区、世界生物圈保护区网络成员……

站在山脚，我突发奇想，如果能从高空中俯瞰高黎贡山脉，那将是何等壮观的景象！宛如巨龙绵延起伏的山脉，一定是大地上最激动人心的宏伟诗篇。它的东面是奔腾的怒江（萨尔温江）和刀削斧劈般的怒江大峡谷，西面是伊洛瓦底江，山与江遥遥相望，却永远无法走近。它们都是充满神性的事物，是彩云之南的动人景观。

但是，所有的秘密都深藏于大山的怀抱，只有那些勇于攀登、敢于探险的人们才有幸走近它，得以窥见那些令人眩目的光彩。

"攀越高黎贡"，似乎成了一种理想，一个缤纷的梦。

凡徒步攀过高黎贡山的人，都会以此为荣。而像我这样没有勇气去实现梦想的人，只能遥遥仰望，为它送去最真诚的问候和敬礼。

远观高黎贡，它是大地上一道壮观的风景，是腾北大地所依偎的一道坚固屏障。莽苍苍的山静默无语，山下的乡村、田野却绽放出特异的光彩。

春节刚过，大地被油菜花的金色铺展出宫殿般的绚丽。那时高黎贡的最高峰上还残留着冬天的白雪，和山下的金色相映成趣，万物抽枝发芽的季节，也是乡村充满生机活力的季节。十万亩油菜花一起绽放，想一想那是多么壮观的景象。仿佛天上的金子撒落人间，铺满大地，又仿佛是太阳的金光为大地织出的美丽织锦，如诗如梦地向天边铺展而去。

四月再来，油菜花已经是一个刚刚谢幕的美丽梦幻，菜籽在荚壳里孕育成形，犹如年轻母亲动人的身姿。此时，风吹过麦田形成的波浪，成了高黎贡脚下最生动的事物。麦浪正在由绿色向金色的转换期间,黄绿交织的色彩为大地涂抹了一层朦胧的浪漫。远山、树林、近处的麦浪,如此丰富的色彩和层次,令观者久久流连,不忍离去。大地上的事物,交织成一曲乡村四月的抒情小曲,令人沉醉其中。

现在的旅行者站在美丽的自然风景中,感受的是诗意和陶醉。如果时间退回去70年,有谁能想到,高黎贡和滇西人民曾经一起承受过怎样的灾难与煎熬!在侵略者的铁蹄践踏下,美丽的高黎贡竟也沦落为战场,3500米的海拔高度也挡不住入侵的脚步。"云天之战"的残酷与悲壮,恐怕让天上的神灵也不得安宁。为了保家卫国,那么多年轻生命的热血喷洒于高黎贡的山野,滋养了它丰茂的草木。

据当地人说,至今雷雨天偶尔还能听到空中传来阵阵厮杀声,这应该是西方传说中的所谓"鬼魂战争"。每当此时,当地村民就会摆出香案,对天祷告,以告慰那些为国捐躯的英灵:如今共产党领导,天下太平,人民安居乐业,你们安息吧!

千年万年静默无语矗立大地的高黎贡,收藏着多少历史的秘密。

高黎贡是腾越大地的母亲,将会永恒地守护着这一方古老美丽的土地。

## 适于怀旧的江苴

江苴,是高黎贡怀抱里的村庄。

因为是乡村公路,乘车进入江苴的路并不平坦,但是当乡野间那些田园风景扑入眼帘的时刻,一切疲劳都会悄然隐遁,只留下满心的喜悦。

远山、树林、田里的秧苗、静默的村庄,以油画一般的层次铺展开来,令人伫立、发呆,然后被乡村原始古朴的美所震撼。让人感觉"回到自然的怀抱",并不只是一句诗,而是一个真实美丽的梦。

江苴虽然偏远,却是很多人都想来看看的地方。因为在历史的某一个网格中,它是个不可小觑的村子。比如,它是当年那条南方丝绸之

路上的一个重要驿站，由高黎贡攀越而来的马帮都要在此歇息打尖。所以，这里曾经是一个繁华热闹的集镇。后来滇西抗战时期，这里又曾经遍布远征军的战斗足迹，留下许多可歌可泣的传说。抗日县长张问德和他的流亡县政府，也曾经在这里辗转开展抗日活动。

因为小镇的改造建设，江苴新修了宽敞的街道。那条曾经布下无数历史印迹的老街，被冷落成一个静默无语的句号。但不时还会有一些喜欢探古寻踪的人来这里，站在静寂的小街上，发些怀古幽思。来了才知道，这里真的是一个很适合怀旧的地方。

那些低矮陈旧的木板房，悄然留住了岁月的足迹。石板路上仿佛才刚刚走过热闹和喧哗，半掩的门房似乎在等待马帮的身影。屋檐下的雕花隔扇，透出些沧桑之痕。板壁上烟熏火燎的痕迹，更明确传达出它古与旧的魅力。

时光在这里似乎凝固了，总引领人的目光向过去的时间眺望。

在一家当年马店的板壁上，竟然还能寻到一些记录着张三李四欠钱的墨迹。就像鲁迅笔下的咸亨酒店，账本上记着欠酒钱人的名字。开始还以为是谁在开玩笑呢，仔细观察了半天才确认，那真的应该是历史留下的印痕，而非今人的手笔。比如，其中一条写着：黄阿三欠富滇币十块，而且是繁体汉字。还有的人欠马具，有的人欠大洋……

那些字迹努力从历史的缝隙中挣扎着浮现出来，留给人无尽想象。

历史、人生，在这条古老的路上来来往往。据说，当年一些腾冲人家的财富，就是从这条路上驮来的。马帮的驮铃声，似乎还在路上幽幽作响。

滇西抗战的艰苦岁月里，这里又是进可以战、退可以守的重要据点。张问德先生就是从这里启程，创造了六十高龄还七次翻越高黎贡的奇迹。他还曾经动员上万民众，为远征军运送军粮。人背马驮，还要翻过高耸入云的高黎贡，那行程的艰难可想而知，保家卫国的精神也令人无比钦佩。江苴因此而有了一份光荣的记忆。

村里依然存在的文昌宫，简朴古旧，落满岁月的风尘。据说，当年这里就是张问德的抗日政府成立后第一次开会的地方，后来才迁往界头。现在这里关着门，从门缝里看进去里面挂着些衣物，当地人说是学生住的地方。

现实中的江苴，在保持一份古朴宁静的同时，也有新的面貌呈现给远道而来的观者。在江苴村那个农家院落式的村委大院橱窗里，可以看到"建设文明、富裕、和谐新世界江苴"的标语和规划。"打造一个古镇，拓展两个市场"应该是江苴近期的奋斗目标。

村委会在号召当地群众充分利用当地的自然优势时，用了几句生动形象的话语：到山上摘果子（指核桃、油茶果），田间采叶子（烟叶、银杏叶、蔬菜），集镇挣票子。

一方水土养一方人，一座深藏宝藏的高黎贡，将是江苴人永远坚实的依靠。

## 北海湿地的诗情画意

腾冲打苴乡境内的北海湿地，是一个充满诗情画意的地方，也是一片浮在水上的"草原"。多年前，当地人称水草丰茂的湿地为"陷河"，意为容易陷下去的地方。

和顺一位游子曾有一首诗描绘和顺的陷河风光：

家乡好，最好陷河头，
绿柳丛中穿紫燕，
红莲塘畔卧青牛，
结伴泛孤舟。

跟和顺河边的陷河相比，北海湿地是一片更加广阔美丽、充满诗情画意的自然风景。这里距离腾冲县城不远，从西北方向出去十多公

里，就在一个名叫打苴乡双海村的境内。青海和北海犹如两颗高原明珠，被上天之手抛洒于腾越大地，双海坝子因此而得名。地势略高的青海藏于深山，如同一面明镜，尽情收藏着大自然的倒影，形成独特的山中景观。地势略低的北海位于双海坝子的怀抱，一个个巨大草排在水面悄然飘浮移动，水下的根须互相纠缠，同时承载起草排的重量。

当地有童谣唱道：

草排排连排，稻花排上开。
夜来风雨声，草排不见了。
若是你不信，就到北海来。

北海湿地

七、美丽事物的光与影

这说明以前的草排是可以用于耕种的，只是风大的时候草排会被风吹得顺水而流。一夜醒来，自己家种的粮食竟然找不着了，想想倒也很有趣。

如今的草排只是用来观赏，上面生长着不知名的野草，盛开着风姿独异的野花。远处是黛青色的山脉绵延百里，山下有村庄静默不语，水中倒映着蓝天白云。小船缓缓行进于草排之间，只有哗哗的水声如一首单纯的诗。此时此刻，人和景是分不清了，人在画中游，穿着红色救生衣的人也成了画中的一景。远处，水鸟在草排上觅食，也不怕人，只是远远地对望着，然后扇着翅膀，扑棱棱飞上空中，那一份悠然自得让人看得呆了。

第一次来到北海湿地的人，都会陶醉在这一份美景中，惊讶于大自然的造化无穷。

可是很少有人知道，为了保护这一片美丽的自然景观，当地政府付出了多少劳动。先要退耕还林，退湖还耕，还要筑坝蓄水，制定出如何恢复保护生态系统的规划。当地村民为了留住家门前这片美景，也做出了牺牲和退让，需要改变生存的观念和方式，重新面对这片日益发展变化的土地。他们有的选择作为游客划船的工作，有的参与北海湿地的开发建设，默默劳作。

现在，这里是云南省唯一的国家湿地保护区，也是1994年国家首批全国33个国家重点湿地之一。都说地球上有三大生态系统：森林、海洋、湿地。如果说森林是地球之"肺"，那么，湿地就是地球之"肾"。多么生动的比喻，肾对人的重要性人人都懂，它可以维持改善生态的循环，是需要我们用心爱护的事物。

更何况湿地奉献给人类的，是那么多让人赏心悦目的景色。所以，来到北海，一定要乘一条小船，在湖中飘飘悠悠地畅游一番，真正体会它的精妙，感受什么是"人在画中游"。

给我们划船的船工老张把小船划到湖中，就开始唱起一首动听的山歌为游客助兴。他说歌是从小就会唱的，只是没有想到今天还能边工

作边唱歌,还能得到掌声和喝彩。他的歌声虽然不够专业,却有一种自然质朴的气息让人感动。

有人问他这里是不是像传说中那样,可以切一块草排就当船划?

老张笑了,说以前为了省事,还真的有人直接切一块草排当筏子划的,就在上面捞鱼摸虾,或者从中间掏个洞,从洞中钓鱼。不过现在为了保护湿地,已经没有人这样做了。湿地是大家的,每个人都有责任保护好它。

船在水上漂着漂着,人渐渐融入画中,有不知身在何处之感。

船舷旁边,水静静流过,天上的白云、远山的身影和水中的浮萍交织在一处,恍若梦境般优美。当你伸手到水中,想抓起点什么时,它们才突然碎做一片粼粼波光,然后等待再次聚齐。

老张把船划到一个草排边,让我们换上长筒水靴,亲自到草排上去体验一下湿地。

真正踏上湿地,还是需要点勇气的。因为一脚踩上去,就会软软地陷下去,水漫过脚面,让人心生怯意。有人在欢笑,有人惊叫起来,草排上一片欢腾。踏上草排最初的那一份担心慢慢消失后,收获的是满眼的惊喜。先是看到了一片蓝色的花在水草中格外醒目,有人叫出声来:是鸢尾花?真的是鸢尾花啊!

在这片陌生而美丽的湿地草排,竟然如此突兀地就与这种充满浪漫情怀的花相遇,这份惊喜来得有些突然啊!它们从那些绿色的苇草中间闪现出来,以一种高雅的姿势进入视野,绰约的风姿令人惊喜。

据说"鸢尾"一词源于希腊语,是彩虹之意,意思是在它的一片蔚蓝色中隐藏着彩虹的颜色。在中国,它则因为花瓣形如鸢鸟尾巴而得名,是爱情、友情、希望的象征。其实很早就从舒婷的诗《会唱歌的鸢尾花》中认识了它,在诗人笔下,它是传达爱情的信物,是对美好理想的向往。诗人深情地咏唱:"在你的胸前/我已变成会唱歌的鸢尾花。"它曾代表着一份令人无比感动的爱情。

这是多么美丽而诗意的花啊!今天我是第一次近距离地与它相对,

七、美丽事物的光与影

马上就被它的风韵深深地征服了。恍惚间,还能记起几句《会唱歌的鸢尾花》中深情的诗句:

> 亲爱的,举起你的灯照我上路,
> 让我同我的诗行一起远播吧,
> 理想之钟在沼地后面敲响……

开在乡村田野的鸢尾花,自有一份遗世独立的清高脱俗。

当地的朋友说,湿地是花草的家园,每个季节都会有不同的花草盛开,把湿地装点得诗意盎然。四月是鸢尾花的季节,进入夏季湖上又会有茈碧花绽放,白色、淡黄的花朵,似荷花而又比荷花多了一份清幽素雅,秋天还会有一种红色的花盛开……

湿地还是水鸟的乐园。远处有野鸭的身影在水面浮动,天空有白色的水鸟翩翩飞过。想想,水面遍布繁茂的野草,水下有成群的鱼虾,加上人类的关心呵护,这里正在成为鸟类的天堂。老张边划船边告诉我们,我们今天看到的只是一两种,这里有白鹭鸶,还有翠鸟、麻鸟、黄鹂、秧鸡……名目繁多的鸟都会在此歇息,与人类和平共处。

我看到一些来自四川、广东的游客,站在草排上惊喜地对着远处的白鹭挥手召唤,看到它们飞近便举起相机忙着拍照,一个个高兴得如同孩子。

北海湿地,正在成为人类诗意栖居的家园。

## 下绮罗的风中传奇

绮罗是与腾冲近在咫尺的村庄,几棵大树把它分上下绮罗。

很多人只知道和顺是有名的侨乡,却不知道下绮罗也是腾冲的侨乡之一。

据1988年侨情普查结果表明,下绮罗旅居台湾、香港的同胞及在

海外的华侨、华人众多,与在乡总人口的比例为1:1.36,是名副其实的侨乡。所谓侨乡,总是会令人联想起马帮和丝绸古道,以及这个村庄的先人们远走他乡的身影。

侨乡都是"走"出来的,是一代代人用理想和血汗为后人铺就了一条财富之路。

和顺今天的发达,除了历史的原因外,也许还因为它的地理位置好,和县城之间保持了不远不近的关系。它的村庄顺山而建,倚水而居,远远地就让人观看到它的气势和风韵。村子前面是开阔的田野,起伏的山岭,视野辽阔,气象不凡。在中国传统文化的审美观照下,这应该是块极好的风水宝地。

而下绮罗的地理则与县城距离太近,地势太平坦,少了一份特殊的观赏效果。但是,今天有些被现实冷落了的下绮罗,倒获得了一份自在、逍遥的风韵。它的历史传奇、村庄的古朴端庄,对一些喜欢寻访古迹,喜欢穿行于小村巷道在时间中发呆的游客来说,自有一种特殊的吸引力。

其实这是一个藏着不少传奇的村庄,在历史上曾经与和顺齐名。腾冲有名的"段家玉"就出自下绮罗。在今天腾冲的玉石市场上,"段家玉"是老玉的代称,位居腾冲"四大名玉"之首(一说六大名玉)。"段家玉"也意味着品质与价值,谁家如果如今还能收藏一两件"段家玉",那就意味着拥有一笔不菲的财富,还有一份自得和骄傲。

记得在腾冲翡翠市场的一家百年老字号里,七十多岁的店主小心翼翼地拿出一支极小的镯子让我们开眼,说那就是段家玉,是他孩童时戴的饰品,一时引得众人围看。那支水绿色的镯子小巧玲珑,品相极佳。就算是我这样的外行看来,也能感觉到它清澈中的温润,一种穿越历史的悠远与宁静。当年一定是一只藕似的白嫩手臂,穿过这只玉镯,留下一份永远美好的回忆。这就是段家玉的魅力,它专为呵护人生、制造梦想而临世。

那个叫段盛才的商人,成就了下绮罗的一段辉煌历史,也是下绮罗风中永远流传的传奇。无论下绮罗本地人,还是腾冲喜欢玉石的人,很少有不知道段盛才的名字的。

那个时代的成功者,都是历经磨炼才能成钢。段家玉的创始人也不例外,传说中他是苦孩子出生,自幼失父,从小靠卖豆粉为生。长大后从事玉石加工,某次买了一块重达三百多斤的玉石回家,却因为外表是白元砂,不被看好,被认为是一次"看走眼"的生意,所以只能扔在院子里,供客人拴马用。

这个传说似乎告诉世人,美玉和人之间也是需要机缘凑巧的。时机不到,人和美玉都只能在时间中忍受煎熬。当年的段盛才为了这块三百斤重的石头,不知道受了多少嘲笑,自己的心灵想必也备受折磨。对一个玉石商人来说,一块"看走眼"的石头的存在,就意味它无时不在提醒着你的失误。

幸好,在长长的等待过去后,某一个重要的时刻终于来临。

**腾冲玉镯**

那块历尽践踏的玉石,终于露出了它的冰山一角:某一个阳光明媚的清晨,很偶然地把它的晶莹的玉色展现在那个买它回家的人眼里,算是一种对知音的报答。段盛才解开石头之后,惊呆了:里面藏着的是多么美丽的翡翠啊!用行家的话说:"水是透明的玻璃水,里面有绿色的渣草花",原来他带回的竟然是一块绝世的玉石!

段盛才欣喜若狂,也有足够的理由欣喜若狂。

据说,他用这块玉石打制了四百多对手镯,连当时的中华民国总

统夫人宋美龄，都闻名买走一对。还有一些流传于国外，留在腾冲的反倒非常稀有。

总之，"段家玉"已经成了"老玉"和玉石上品的代称。有历史有传奇故事的玉，自然附着了一层文化的意蕴，无形中提升了玉的品位和价值。

下绮罗还有一个叫尹文达的玉石商人，也有着同样的传奇人生。他也是得到一块不起眼的毛料，不被人待见，被随意扔在马厩里任意践踏。下绮罗关于玉的故事，似乎都和马有些关系。想一想他们生活的是一个马帮时代，也就不奇怪了。在没有汽车火车的时代，马是商业活动的重要工具，玉石毛料都得用马驮才能运回来。

是玉石都会放光，这是不变的真理。尹文达家的那块玉石，后来也是在阳光照耀下放射出它夺目的光彩而得以重见天日，尹家也因此而发达。据说，他用这块上等翡翠制作了一盏宫灯，在下绮罗的水映寺中展出时，其精美和光彩轰动四方。最后是献给了当时的云南巡抚大人，换了顶"土千总"的帽子。

那些做宫灯剩下的碎料，被做成上百副耳片，成为有名的"绮罗玉"。据当地人说，当年的大户人家嫁女娶媳，都以能拥有一对段家玉的镯子，一副绮罗耳片为荣。

因为历史的原因，它们流传四方，如今已经很难见到。一位腾冲老人告诉我，他们家以前就藏有一二十枚玉石纽扣，还有几副女人戴的耳片，据说都是绮罗玉，70年代因为生活艰难卖了，只得了六七十元钱。如果能留到今天，那就是一笔价值不菲的财富。

下绮罗，还因为明代地理学家徐霞客的到访而留下了一段传奇故事。

明崇祯十二年（1639）农历五月初二日，绮罗乡绅李虎变兄弟闻知徐霞客到腾冲，专门备了马匹，亲自来到县政府的宾馆拜会，并邀请徐霞客到下绮罗家中做客。李氏兄弟的举动，能让人感觉到那个时代腾冲文化的开放和包容，还有对文化和文化名人的敬重。一个从天而降的旅行家，一个并无财富地位的外来者，在腾冲却受到了如此礼遇。李氏兄弟的到来，一定让徐霞客先是惊讶，继而是感动。他们都是地方名流，李虎变是当时的州"庠彦"，也是下绮罗的名流。"庠彦"代表的是一种学历，相当于今天的高中或中专，是有文化的人。

首先让徐霞客感到惊讶的应该是李虎变的名字。

他的大名叫李正邦，"虎变"是小名，却比大名更广为人知，甚至相传至今。在今天的下绮罗，乃至腾冲人中仍然是个津津乐道的传奇。因为这个名字后面藏着一段惊险的人生故事，但那是关于李虎变父亲的。他的父亲叫李必升，少时穷困但为人善良。后来也是经商之人，而且是乐善好施之人。他做的是酒生意，需要经常带着马帮从大理鹤庆把酒运回腾冲。某日，在回程的荒郊野岭，李必升一行不幸与一白虎相遇，不料那虎却不伤人，只是围着他和驮酒的马匹转了三圈。按理说这样的经历在马帮时代还是可信的。毕竟那时的中国大地自然生态远比今日好出不知数倍，山野间突然跑出只老虎来，也是有可能的。至于老虎不伤人和牲口，也有可能刚刚吃过什么野物，懒得理人。

但在民间传说中，李必升的这次遇险渐渐被神化为一次奇遇。老虎不但没有伤害他，还给他留下一堆白花花的银子。于是他把酒倒了，驮上银子幸运而归，从此以后买田置地，过上了幸福的生活。这是典型的民间故事思维，充满了对美好生活从天而降的向往和期待。

但我总觉得在这个传说后面，一定还有一些不为人知的故事，只是它们很有可能被时间的帷幄遮蔽了，被人为地传奇化了。

李必升为了纪念这次奇遇，为长子李正邦取乳名为"虎变"，没想到这个乳名反倒比大名更有名气。老虎简直成了李家的神物，它对李家的影响无所不在。比如，他们一家被乡民称为"老虎李"家，他家居住的巷口被称为"老虎家门前"，他家门前的小桥则被称为"玉虎桥"。这家人和老虎结下了不解之缘。

好在李家得了一笔意外之财后并没有变坏，而是继续保持向善之心，后代也是读书识礼有文化的人。所以，才会主动跑去迎接素昧平生

的徐霞客，请到家里奉若上宾。这应该是对文化的敬重，也是文化人之间的惺惺相惜，是值得弘扬的优秀传统。也正是李虎变这个充满善意的举动，让他的名字和下绮罗的历史得以进入《徐霞客游记》，给后人留下了一段可以成为佐证的文字。

"时微雨，遂与联骑，由来凤山东南麓循之南，六里，抵绮罗。"在李氏兄弟陪伴下的徐霞客，一路徐行，对公元1639年的绮罗的地理、风光有简洁的记载："绮罗，志作矣罗，其村颇盛，西倚来凤山，南瞰水尾山，当两山夹凑间。"他眼中的村庄、田野则是："竹树扶疏，田壑纤错，亦一幽境。""是夜，宿李君家。"

据《徐霞客游记》中的记载，他在下绮罗一共待了七天，有两天还赶上下大雨，只好在李家读书作文，做些文人做的事情。比如抄腾冲地方志，写了四首诗。天晴之后，就去游历考察周围的环境、风土人情，跟今天文化人的兴趣爱好没什么区别。五月初七那天，还去热海泡了回温泉，当时叫硫黄塘，设备应该比较简陋。但热海氤氲的雾气、独特的自然奇观还是让徐霞客大为开眼，他用文字记下了当时的景象和感受："遥望峡谷蒸腾之气，东西数处，如浓烟卷雾。"今天的热海和徐霞客眼中的景象大同小异，只是多了些建筑设施。山谷中的温泉几百年来还是云遮雾罩，水汽弥漫，恍若人间仙境。

徐霞客的地热考察和日记中的记载，为热海景观增添了不少名气。

据说，那位邀请徐霞客到下绮罗小住的李虎变先生和他的夫人，后来一直长命百岁，都是长寿之人。他们的后人为此还特向朝廷奏请，得到了两块乾隆皇帝御赐的旌表两位老人"双寿"的木匾，还在村里立了石牌坊以资纪念。两位老人"寿考齐眉""升平人瑞"，又为下绮罗增添了一段传奇。

如今的下绮罗，虽然少了些旅游开发带来的热闹，却多了一份安然自得的宁静。但它还是躲不过探访的目光，不时会有几个喜欢寻访历史足迹的游客寻到这里，在一条条长巷里徘徊不去，镜头对着一座座精致的农家小院一阵猛拍。那些倚在院墙下晒太阳的村民,似乎已经习惯了外来者好奇的目光和镜头,以一种超脱而自然的神态瞟一眼游人,照常拉他们的家长。与和顺的典雅精致相比,这里似乎更有一种轻松随意的气氛,让你的身体和精神能自由自在地在村巷里游荡。

当然,如果想要获知下绮罗更多的传奇,还得有勇气敲开那些掩着的院门,每一扇门后面都有可能有一份惊喜等待着你。那些老人脸上的每一条皱纹掩映的都是人生的沧桑。村口那些高大茂密的香樟树群,也值得人停下脚步细细观赏。它们身上有一条条红布带在风中飘舞,还贴有治"小儿夜哭"的纸条,民间生活的气息扑面而来。它们是下绮罗的一种点缀和衬托,也是一个村庄旺盛气脉的体现。浓郁的树荫下,时常会有人在此歇凉,甚至酣眠。风过处,枝叶间哗哗送来满地清凉,颇有些"凯风因时来,回飙开我襟"的快意。

下绮罗的传奇,在默默中等待与它的知音相遇。

## 银杏之乡的生态与诗意

腾冲的固东镇是个名声在外的地方,它除了是皮影戏的故乡,还藏着一个叫江东的小村子,近些年它的名字更多被叫成"银杏村"。这里是名副其实的银杏之村,村里村外林立着的银杏就是最好的证明。对久居城市的人来说,到了这里便能找到一种充满诗意的回归,总会在银杏林中流连忘返,乐不思蜀。

德国古典诗人荷尔德林的诗《人,诗意的栖居》,很多人不一定全读过,但却能记住其中那个流传甚广的句子:"人充满劳绩,但还诗意地栖居在大地上。"在工业文明时代,这两句诗几乎成为城市里生活的人对乡村生活的美好想象:大地上长满庄稼,田野里奔跑着牛羊,山岗上盛开绚丽的野花,勤劳的农民荷锄而归,"采菊东篱下,悠然望南山"。身体的辛劳和精神的愉悦得到和谐的统一,这就是大地上的诗意,简单而质朴,充实而丰富。人与自然和谐相处,人的价值在创造中得到

实现。

　　放眼乡村的环境，虽然四季都有诱人的风景轮回，但无论南北，大多是和劳动生产有关系的事物。比如春天田里绿色的秧苗，夏天茂盛的青纱帐，秋天田野一片金黄的收获……

　　像银杏村那样美得令人瞠目的景色，在中国的乡村也不多见。

　　如果是秋天走进这里，试想一下，一个坐落于银杏林中，被一片金黄落叶包围的村庄是番什么景象？有位朋友用"震撼"来形容第一次进银杏村的感受。震撼，然后融化，感觉自己突然就变成了画中之人，缓行于一片仙境般美丽的土地，一切都美得有点不真实。脚下踩的是满地黄金般的落叶，阳光透过枝叶把斑驳的光点洒落下来，也如同金子在跳跃。每行一步，心情都舒畅得如同踩在云上，轻盈而缥缈。

　　位于昆明翠湖之畔的云南大学校园内，也站立着两排高大的银杏，而且已经成为校园最美丽动人的景观。每年到了深秋季节，两排银杏飘落一地黄叶，总会引来无数欣赏秋景或喜好拍照的人，在银杏树下徘徊不去。20世纪80年代的云南大学中文系，还成立了一个以银杏命名的文学社。那只是两排银杏，便为一所大学营造了独特的景观。

　　现在的江东银杏村，却是几千颗银杏林立的乡村，那该是怎样壮观的景象啊！在四季轮回中，每一季都有不同的景色奉献给人类，真正是"村在林中，林在村中"。人与大自然和谐共处，在这里不再只是一个美好的梦想。

　　江东银杏村离城只有四十公里，和著名的腾冲国家火山地质公园、柱状节理等旅游景点相邻，却感觉完全是另一个远离尘世的世界。几百年前选择在这里安身落户的，也是一些从四面八方到边关戍边的中原将士。如今已经传承到八百多户人家，全都是汉族。那些初到此地的移民中，一定有人来自生长银杏的地方，也许是对故乡的怀念，让他们种下了第一株银杏。最初那一片茂盛的银杏林，只是为了缓解思乡之情。甚至第一株银杏的种子，都有可能来自辽远的北方，是临行之时亲人放进行囊的一份牵挂，是游子和故乡之间唯一的维系。这是我面对那些五百年以上树龄的古银杏的一番畅想，它们一共有五十多株，称得上是这个村子里所有银杏树的祖宗。它们站在那里，很有祖宗的气派，枝繁叶茂，沉稳有力，浑身上下透出一股历经五百年修炼才会有的特殊气韵。

站在这里，你才会明白银杏树为什么又叫"公孙树"，前人植树后人乘凉，"公种而孙得食"。银杏从栽种到结果要二十多年时间，四十年后才能大量结果，这些银杏是祖先留给江东人的荫庇与念想。

这个村子的银杏群中，四百年以上树龄的有七十多株，二百至三百年的一百五十多株，百年以下树龄的就只能是银杏的子子孙孙了，它们有好几千株，散布在江东的村里村外，山野之间，把这一方土地装点得生机盎然。如郭沫若在《银杏》中所言："在暑天你为多少的庙宇戴上了巍峨的云冠，你也为多少的劳苦人撑出了清凉的华盖。梧桐虽有你的端直而没有你的坚牢；白杨虽有你的葱茏而没有你的庄重。"

银杏淡黄的叶似扇形，也有人说似鸭脚，因此古人也将银杏称为"鸭脚"。欧阳修的五言诗中载：

> 鸭脚生江南，名实未相符。
> 绛囊因入贡，银杏贵中州。

此后它才开始被称为银杏。乡村广植银杏当然并不是单纯为了审美，银杏是长寿之树，既有观赏价值，也有药用价值，所以有人形容它"全身都是宝"，是植物界古老珍贵的树种，有"活化石"之称。中国最古老的银杏至今已经有三千年的树龄，据说是西周初周公东征时所植，如今仍然挺立在山东莒县浮来山的定林寺内，被誉为"天下银杏第一树"。

江东村的那些五百年以上树龄的银杏，也算得上腾越银杏第一树。当然，是否第一并不重要，重要的是它们在腾越大地上生长的数百年间，已经绵延出一个庞大的银杏家族，正在为一方水土带来新的福祉。在如今这个重视生态环境建设，努力发展经济的时代，银杏树的存在本身就是一个奇迹，它不仅仅从视角上带给观者审美的震撼，同时也为当地村民发展经济提供了很好的路径，是一举两得的好事。

银杏全身是宝，真是一点儿不夸张。它来到世界，仿佛就是为了向人类做出无私的奉献。银杏的叶不但有净化空气，美化环境，增添诗意之用，还能清凉下火。秋季到来，那些漫天飞舞的黄蝴蝶在给人们带来足够的诗意和审美之后，把它们收集起来煮水喝，可以缓解内心的焦虑和烦躁。虽不是中药，倒也有些中药的功效。而它的果——白果，也是养生延年的佳品，据说在宋代还曾被列为向皇帝上贡之物。李时珍的《本草纲目》中早就清楚地记载着白果的药用价值："熟食温肺、益气、定喘嗽、缩小便、止白浊；生食降痰、消毒杀虫。"在现实生活中，白果也是食用佳品，可以做出白果烧鸡、白果煲鸭、白果烧牛肉等美味菜肴，让人在一饱口福之余还能让身体得到温补。

所以，银杏是江东的宝。

现在江东已经成为腾冲旅游的胜地之一。一个旅游者在欣赏了火山地质公园的壮观，领略了和顺古镇悠久的文化，感受了国殇墓园悲壮凝重的氛围之后，来到江东银杏村，会有一种难得的放松，沉浸在一种田园诗意中乐而忘返。

这里有许多村民自己开办的农家乐，难得的是每家每户的院内都有几株高大茂盛的银杏，为远道而来的人送上几分清凉。最好是秋天来，那是一个可以让人沉醉的季节，搬一把躺椅放到树下，闭上眼睛任微风从脸上吹过，秋叶从胸前飘过。《银杏》中的句子便又会从脑海中自然跳出来："秋天到来，蝴蝶已经死了的时候，你的碧叶要翻成金黄，而且又会飞出满园的蝴蝶。"用蝴蝶形容满天飘舞的银杏叶，实在是最贴切不过。它们在天地之间自由飞舞，在旅人脸上留下匆匆一吻，又飞旋着远去。

连那些安卧于农舍之旁的牛羊，都带着一种安详的表情，静静地伏于大地，任黄叶在身上舞出些生动的韵律。人在这样的环境中生活，诗意不再是些堆砌的词句，而是一种实实在在地存在。大地上的诗意是

七、美丽事物的光与影

人类的创造，也有大自然的多情馈赠。

村里的农妇会在村边出售她们收集起来的白果，热情地告诉你：带几斤回去吧，可以炖鸡炖鸭补身体呢。干炒了吃，能强身健体。

带回些白果，摸到那些坚硬的果实，闻着它略带苦凉的清香，在以后的日子里你才会相信，江东那片银杏树下漫天黄叶飘舞的诗意，人在画中行走的情景，真的不是一个梦。

银杏村那些农人，虽然每天都要辛勤地劳作，但也能每天都生活在画一样的情景之中。守着一地银杏，春天可以看到发芽的希望，夏天可以在树下歇一歇凉，秋天则可以尽情地在一片金黄蝴蝶的飞舞中享受收获的喜悦。就算是冬天来临之时，也还有银杏遒劲的枝干为伴，从中深深体味它的悠久韵味，祖先留下的气息。

银杏送给世人的，还有一种默默无闻牺牲和奉献的精神。难怪乡村的孩子们会为之吟唱歌谣，表达对银杏村和银杏树的赞美：

> 江东是个好地方，
> 树头巷尾白果香。
> 遮光蔽日好乘凉，
> 房前屋后亮堂堂。
>
> 江东是个好地方，
> 七月八月白果香。
> 九月十月树头黄，
> 树头树脚闪金光。

童稚的声音也是天地间最动听的乐音，银杏村和银杏树，都会因了他们的歌唱更加生机勃发。

# 八、腾越文明之光

## 传统与现实

中国文化的核心是汉文化,汉文化是一种具有开放性、包容性的文化。在历史发展的长河中,汉文化正是以它的开放胸怀,海纳百川,兼容并蓄,使中华文化成为一个民族重要的精神财富。

腾越大地作为国家的"极边之地",由移民带来的内地汉文化,以"飞越"的方式在边地扎根,并和本土文化互相学习交融,形成了独特的边地文化。它既保持着和汉文化传统的紧密联系,又坚持发展进步,在极边之地开出了绚丽的文明之花。

传统文化在腾冲乡村的影响是深远的,它既是一种精神的导向,也是维系乡村文明的重要链条。行走在腾越乡村,无论自然环境还是人类居住的村舍,都能让人感觉到文化气息扑面而来。一位曾到江苴旅游的朋友告诉我,她平生第一次到江苴,在这里完全是个陌生人,可是走在村子里却有种宾至如归的感觉。村里的大妈大婶见了她,会自然地招呼她:"来家里坐坐。"如果赶上吃饭时间,还会叫她:"进来一起吃嘛。"让她为乡村人与人之间纯朴自然的关系非常感动。在这里,没有防范的眼神,更不会有敌视的目光。即使不打招呼,也会送给你平和的目光或者一个浅浅的笑意,让你感受到无言的温馨。

腾冲的乡村是被传统文化深深浸染的地方。和平的日子带给人的是安详宁静的心态,满目青山绿水满心悠然自得,粉墙黛瓦后面是鸡鸣狗吠，串起农人朴实绵长的日子，让人恍惚间想起古人的诗："暖暖远人村，依依墟里烟。狗吠深巷中，鸡鸣桑树颠。"在乡村大地上，文化不再是抽象的名词或概念，而是看得见摸得着的真实存在。

而遇上国难当头的时代，乡村民众的爱国主义精神和民族大义也会让人深深感动。

在20世纪的那场抗日战争中，腾冲的乡村曾经沦为铁蹄践踏之地，美好的家园被侵略者摧毁。战争不只是在军人之间展开，腾越大地上的人民以无畏的精神投入保家卫国的战斗中，做出了巨大的牺牲和奉献。传统文化中的家国观念、民族气节，不再仅仅只是书页上的汉字，而是化成了实实在在的具体行动。数万乡村民众投入支前行动中，跟随抗日县长张问德为前线军人运送军粮，男女老少一起上阵为部队修公路、修机场。

"毛之不存，皮将焉附"，没有国哪有家，这些传统文化中的大道理，被那个时代的乡土民众理解得如此透彻。

腾冲国殇墓园里有一尊雕像，让每一个参观的人都会久久停下脚步，于静默中生出崇敬之感。一位身着传统服装，缠着小脚的妇女，侧卧在一袋军粮上，旁边的解说词上写着："饿死不吃军粮。"在为前线运军粮的途中，这位妇女饥寒交迫倒在路上活活饿死，而她背上的军粮袋中就装有满满一袋粮食。她宁肯自己饿死，也不肯动一颗军粮。

我问同去的腾冲本地朋友，这是真实的故事还是虚构的形象？

他肯定地说是真实的，绝非虚构。

这位普普通通的乡村妇女没有留下姓名，却留下了一种令人感佩的精神和大义。从缠着的一双小脚和简朴的衣着上看，她也许没有文化，不懂什么大道理，只是一个生活在乡村的妻子、母亲，但她却能用生命来演绎对国家、民族的牺牲和奉献。

我不是诗人，不能为她献上一首赞美的诗。此时，我真的希望有一天能有一位诗人在此驻足片刻，为这位不知名的普通而又伟大的女人写一首赞美诗，献给她不灭的灵魂。

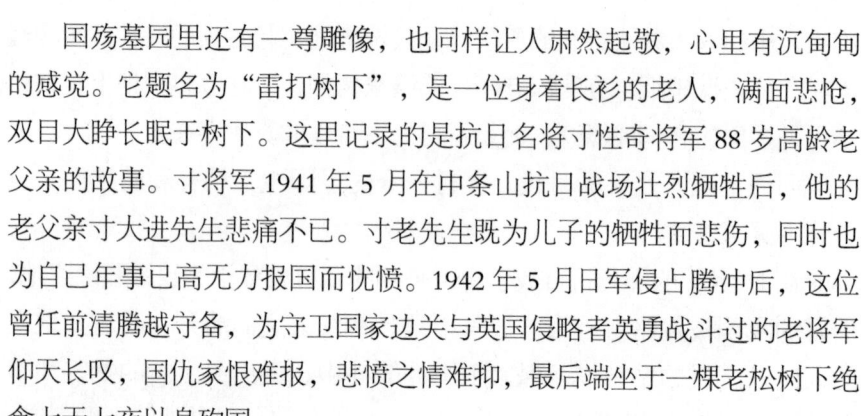

国殇墓园里还有一尊雕像,也同样让人肃然起敬,心里有沉甸甸的感觉。它题名为"雷打树下",是一位身着长衫的老人,满面悲怆,双目大睁长眠于树下。这里记录的是抗日名将寸性奇将军88岁高龄老父亲的故事。寸将军1941年5月在中条山抗日战场壮烈牺牲后,他的老父亲寸大进先生悲痛不已。寸老先生既为儿子的牺牲而悲伤,同时也为自己年事已高无力报国而忧愤。1942年5月日军侵占腾冲后,这位曾任前清腾越守备,为守卫国家边关与英国侵略者英勇战斗过的老将军仰天长叹,国仇家恨难报,悲愤之情难抑,最后端坐于一棵老松树下绝食七天七夜以身殉国。

据说,老人去世后,双目不瞑,这是心里怀有极大痛苦,心有不甘的表现。老人如果晚生五十年,一定也是一位抗日英雄。寸氏父子的壮举,称得上感天地动鬼神。

白云苍狗,岁月悠悠,风中留下很多永恒的传说。

腾越的乡村,实在是不平凡的乡村。

在一个全新的、发展进步的时代,我真心希望这块曾经经历过炮火硝烟的大地上的人民,能过上快乐幸福的生活,建设好美好的家园。对农民来说,家园是永远的梦想,家园是人生理想最实在的依托。

我想,新时期的乡村文化,所集中体现的应该同样是对美好生活的追求和创造。

"生产发展、生活宽裕、乡风文明、村容整洁、管理民主",这是社会主义新农村建设的总要求。经济发展是乡村文化建设的基础,解决了农民的温饱,然后才谈得上精神的追求。好在上天赐给腾越一块富饶的大地,再加上人民的勤劳善良,辛勤创造,腾越的乡村一定会有更美好的明天。

记得我在高黎贡下面的江苴村的宣传栏里曾看到,江苴的发展建设规划明确具体,既有经济发展的长远规划,也有近期具体实在的工作内容。比如投资90万元进行乡村沟渠的修建,投资21万元建卫生所,投资18万元新建一幢江苴小学教学楼,一切都围绕着"提倡健康、文明、科学的生活方式"而进行。在另一面墙上,我还看到张贴着一份"江苴村村规民约",包括了社会治安、消防安全、村风民俗等内容。

乡村文化的建设,就是如此具体而鲜活。

## 书香与文明

有人形容腾冲乡村:"走笔之处,俱是文明;落景之间,全是书香。"这并非夸张,而是对腾冲乡村文明成果的形象概括。

文明,是人类创造的物质财富和精神财富的总合。

最早在《易经》中有关于文明的描述:"见龙在田,天下文明。"意为阳气在田,始生万物,天下因此而充满光明和温暖。在人类历史进程中,城市文明带来的往往是工业化的成果,日新月异的现代化科学技术以它无所不在的神力改变着我们的生活。但是,人们在享受工业文明成果的同时,也开始对随之而来的种种问题进行质疑和反思。比如噪音、污染、环保问题,以及它对人类精神的异化等等。

和顺图书馆

而乡村文明则以更温婉的方式在大地上扎根,似涓涓溪流滋润着星罗棋布的村庄和代代相传的传统根脉。大自然宽广的怀抱可以容纳山川河流,也能以它的厚重包容承载起传承文明火种的重任。极边之地的乡村文明，似盛开的花朵装点着大地。

文明和文化，二者的关系又是如何呢？有学者认为："文明是文化的内在价值，文化是文明的外在形式。"[1] 文明和文化，二者是互为表里的关系。有文化的传播才能诞生文明，而文明的诞生则体现出文化内涵的深厚。这是书本上的理论，是学者的视角。其实，在现实生活中我们一般不会带着抽象的概念去寻找文明，而是用自己的眼睛去发现，用心灵去感受。那些让我们感到心动、愉悦的事物，那些能让我们的心灵得到升华的存在，就是文明的结晶。

如今每天有那么多人从全国甚至世界的四面八方奔向腾冲，是什么吸引着他们？他们来到腾冲，最想看到的又是什么？

一位朋友告诉我，他最想看的是和顺。他想看看那里的人们是否真的像崔永元说的，把牛放到山上，就到图书馆看书了。还想看看，是否能在和顺找到回归家园的感觉，让疲惫的心灵放松一下。他说还准备在和顺的小河边，燃一支烟静静地发呆，然后沿着和顺的小巷慢慢转悠，去追寻历史的足迹，倾听一代代和顺创业者心灵的脉动。

牧归

另一位朋友说,她最想看的是腾冲的乡村,想亲自在田野里欣赏白鹭与人共舞的美丽景色;想看看那些与土地相亲相爱的人们,是如何用双手创造全新的生活。

还有一位朋友说,他想看江东银杏奇观,体验腾冲人如何诗意地在大地上生存。

有人说想去国殇墓园,向那些保家卫国的烈士献上一束金色的菊花。

国殇墓园

……

这就是腾冲的魅力,可以满足多角度视野下的审美需求。

美丽的自然景色和丰富多元的文化内涵,构成了腾冲独特的魅力。文明和书香之气,弥漫于大地,每一处景观后面,都能引出绵长、深厚的故事。这就叫文化的"底气"。汉文化在腾越大地播下了文明的种子,燃起不灭的薪火,造就了今天的奇观,为世界呈现出丰富的文明成果。

教育是文化发展的重要基础。有人认为教育的最首要功能是促进个体发展，最基础的功能是影响经济发展，最直接功能是影响政治发展，最深远功能是影响文化发展。腾冲历史上就有重视教育的优良传统，代代相传至今。

走进位于城南的文庙，就能找到腾越大地重文化教育的源头。这里又称学宫、黉学，始建于明成化十六年（1480年），原来的位置是在城西北，清康熙四十四年（1705年）才搬移至此。也许因为这里的"风水"更好，"前以大车湖为泮池，左以秀峰山为魁阁，右为文昌祠"。而且这座庄重古朴的文庙，还曾经历了侵略者的炮火之劫，更多了一层深沉的韵味。至今在文庙的廊柱上，还能找见明显的弹孔。它意味着在文明与野蛮的较量中，中国文化收获的一种悲怆的胜利。

大殿的屋檐下还挂着腾冲民间祭孔大典的横幅，纪念孔子诞辰2562年。

2562年，是一段漫长而让人心生敬意的时间。而在经历了如此漫长的时间之后，儒家宗师的塑像能在极边之地的文庙内端坐，并继续影响着人们的生活，这就是传统文化的魅力。文庙廊柱上的长联，透露了边地文化的自信："此地极边陲何期士气民风不亚中原人物，历朝多俊彦且看桃娇李艳皆含大造生机。"

书院，是腾冲教育的重要起点，从明代开始就创建书院，清代保持了这一传统，先后有春秋书院、秀峰书院、来凤书院、凤山书院等教育机构出现，对培养人才、推进地方文化建设起了重要作用。那时的县官不但热心教育，还要"捐廉"购置书院的产业。院中组织结构、经费来源都有非常明确的安排。

除了书院，腾冲还有很多民间助学方式。比如"卷金"，就是一种特殊的助学方式，明清两代就开始发挥作用。它由县官、乡绅捐资或田产而设，主要用于资助那些因为家贫而无力参加应试的书生。"腾越距京过远"，所以那些虽有才华却无力赴京赶考的学子，便可从中受惠。此外还有"义学"，相当于过去时代的"希望工程"，主要资助贫困生接受教育。而且义学的所涉范围遍及腾越乡村，据民国《腾冲县志稿》载:"至光绪初,陈丞宗海竭力推设,遍于十八练,规模大备。"在陈姓县官的大力推进下,为腾越的乡村教育奠定了很好的基础。培根说过:"人的天性犹如野生的花草,求知学习好比修剪移栽。"在乡村的土地上,文化教育的作用是非常明显的,知识学问在改变人心人性的过程中犹如泉水甘露,滋润了心性,悄然改变着生存的质量。

所以,中国乡村文化所追求的"耕读传家",在腾越大地得到了生动的体现。对那些饱读诗书的文人学子而言,读书不止有做官这条路,还能滋养心性,提升人生境界。每个乡村那些受人尊敬的"乡绅",大多是读书人出身,都是知书明礼之人,对开展乡村的公益活动出力最多,对周围民众而言就是生动的榜样。腾冲人那个时代对他们的称呼是"老爷",这和电影中见惯了的带有特定阶级含义的"老爷"不同,在腾冲这个称呼代表的是尊敬和向往。一位和顺乡的朋友说,他小时候经常听老辈人说村里的这条路是张老爷出钱修的,那条巷是李老爷挣钱建的,所以他的理想就是长大了做个受人尊敬的老爷,只是在革命的年代一直不敢说出来。

和顺的乡村教育也是非常有特色的。

之所以会有那个如今天下闻名的和顺图书馆,跟和顺人重视教育不无关系。虽然很多人家因为"走夷方"而发家致富,但在这里财富的增加与对知识和学问的向往是成正比的关系。所以,和顺图书馆是华侨集资而办,其中的楼台亭阁无不体现出中国传统文化的精髓,馆中所藏书籍也以古代文化典籍最为珍贵。守着山乡田野,一样可以饱读诗书,这就是和顺乡村文化的独特之处。在和顺文昌宫里,专门有一块石碑刻录着"和顺乡两朝科甲题名"的名单,那些密密的名字,都是和顺教育的骄傲和榜样。

在腾冲乡村行走的日子,令我感到惊讶的是发现和顺、下绮罗、江苴等乡村都建有"文昌宫",供有文昌帝君的神位。文昌星,通俗地说就是文曲星,专管文化人功名利禄的事,读书做学问者也在此列。腾冲乡村大地上随处可见的文昌宫似乎在告诉我们,这是一块尊敬、信仰

文化的土地，文明的种子已经开出绚丽的花朵。

我很想看看如今的乡村教育的具体情况，有朋友带我去了位于腾北大地的界头乡中心学校。这是一所典型的乡村小学，校舍简朴而清洁。我和几个朋友来到这里的时候正好是星期天，没有见到学生的身影，只有一个宁静的校园迎接我们。进门处的办公室长廊除了挂着些伟人的像，还挂着一个形状奇特的钟。同去的朋友介绍说，你可不要以为这个学校是因为没有经费，才整块废铁当钟用。这可不是普通的钟，它的名字叫"和平与进步之钟"，而且是取自于二战期间美国飞虎队战机上的机头部件。

一番话让人惊讶得合不拢嘴。

原来当年的界头乡，曾经是抗战的前沿，前后有三架盟军的飞机迫降于此。一位叫威廉·芬利的美军飞行员还得到当地乡民的救助，得以重返部队。2000年，威廉的女儿丽莎按父亲的遗愿亲自来到界头寻访、看望当年救助过他的乡民。2003年开始，她每年为界头中心学校捐赠部分教学设备，资助部分困难学生完成学业，为界头的乡村教育尽一份绵薄之力。据说丽莎女士并不是富人，只是因为她的父亲而对这块土地有一份放不下的情思和牵挂。这是非常令人感动的一段国际佳话。

同行者中有人敲响了那块"和平与进步之钟"，悠扬清亮的钟声在寂静的校园里格外动听。据说这个钟从1964年起就悬挂于此，几十年间它一直发出催人进步的声音，吟唱着追求和平的无词之歌。在这样的环境中，其实用不着跟学生讲从小要热爱和平、热爱国家民族这样的大道理，每天这清亮的钟声就是最好的教育和熏陶。

我在校门外面的墙上，看到黑板报上有一份用工整的字迹抄写的"界头乡中心学校学生礼仪规范（试行）"，让人有眼前一亮之感。从学校内的礼仪到家庭礼仪、社交礼仪，都有具体的要求和规范。具体到在家接待客人时应该"一起立，二请坐，三倒茶，四交谈，五送客"，于细致中体现的正是传统文化的内蕴：修身养性，培养德行。

一个学生如果能严格按照这些要求去约束规范自己的行为，何愁不能培养出谦谦君子、栋梁之材。礼仪教育，是传统文化传统道德中的重要的一部分，也是文明的形式外化。对一个文明礼仪之邦的民族来说，懂礼仪才能知廉耻、晓大义。

界头中心学校的这一份礼仪规范，让人看到了乡村文明在新时代的希望。

## 感恩与回报

感恩，是近年来经常听到的一个词语。在商品经济大潮全面冲击着我们的思想、道德的时代，人们似乎希望到传统文化中去寻找抵抗的精神和力量。

感恩，意味着回报。中国传统文化中有许多相关的故事，诸如"羊羔跪乳""乌鸦反哺"，我在和顺的寸氏祠堂里，还看到了"二十四孝"的图画，生动形象地向人阐释什么叫真正的感恩。虽然其中不乏封建糟粕的因素，但也有一种自我牺牲的精神令人感动。

在乡村文化中，这样潜移默化的教育无处不在。一位在腾冲乡村长大的朋友告诉我，他小时候就时常听家长对自己讲一些道理，比如："要做好人，好人自有好报"，"做人要知恩图报，得了别人的好处要记在心里，滴水之恩当涌泉相报"，"人在做事，天在看"，等等。小时候听起来不是太懂，长大了回头去想，都是些实用而富有哲理的道理。

感恩是一种美德，也是一种生活智慧。它会让付出的人从中得到快乐，也会让善的德行得到传播和弘扬，从而让一个社会形成良性循环系统。腾冲的乡村文化是一种有敬畏感的文化，大地上遍布的庙宇神祠，已经于无声中透露了这种心理。它提醒我们，生活在天地之间大地之上的人类，首先要懂得感谢天地、大自然的慷慨赐予，从而珍惜爱护大地上的一切事物。其次要懂得感谢祖先的生命传承与庇佑，还有父母的养育之恩。家堂上高高供着的牌位"天地君亲师"，就是一种无声的警醒。

感恩和回报,也是腾越乡村文明的深刻内涵。它把人的天性中美好的一面展现给世界,留给后人温馨与感动。关于这一切,在和顺有很多具体而生动的事例。

从前那些"走夷方"的和顺男人们,虽然远在他乡为生存而奋斗,但心却始终牵挂着故乡的亲人同胞,所以一旦他们发财致富之后,都不会忘记故乡和亲人。但是,发财致富后回报自己的亲人,那是亲情的回报。而如果对故乡常怀一份感恩之心,用行动回报乡梓,那就是一种博大的胸怀,也能对后来者产生影响,形成良好的乡风民情。所以,李根源才会在《和顺乡居吟》一诗中赞美和顺人:"十人八九经商,握算持筹擅长;富庶更能知礼仪,南州冠冕古名乡。"

最难得的是"富庶更能知礼仪"。看看顺河而建的那一座座"洗衣亭",恐怕走遍中国大地也是少见,它饱含着游子对故乡亲人的一片至诚关爱。和顺的女人们在与亲人离别忍受岁月煎熬的同时,多了一份温馨细致的呵护,使洗衣时能"有瓦遮头"。今天这些亭子仍然感动着很多游人的心,吸引他们在河边、亭中流连往返。

修桥补路、办学,"功德碑"上记下了和顺人对桑梓的拳拳之心。

还有"雨洲亭",也是和顺人懂得感恩回报的标志。

进入和顺后有一个荷花池,每到夏季来临荷花绽放时节,这里的风光美丽中透出沉静,让人不由想起周敦颐《爱莲说》中的描述:"予独爱莲之出淤泥而不染,濯清涟而不妖,中通外直,不蔓不枝,香远益清,亭亭净植,可远观而不可亵玩焉。"在中国文化中,荷花一向有"花中君子"之美称,它因为象征着君子庄重质朴高尚脱俗的精神品质,所以受到人们的喜爱。典雅的"雨洲亭"就在这片荷花之中,亭中的石碑上是全国人大原副委员长楚图南先生题写的"雨洲亭"三个大字。

这块为了纪念益群中学创办者寸树声先生而立的石碑,既是对往者的怀念,也见证着和顺人对教育的热爱与付出。

寸树声(1896—1978),字雨洲,和顺乡人。毕业于日本九州帝国大学，回国后主要从事教育工作，曾经担任过北平大学法商学院经济系教授，西北联大商业系主任。就是这样一位在教育界享有名望的教育家，却并未忘记家乡的养育之恩，于1940年回到和顺，参与创办了益群中学，并担任校长之职，兼中心小学校长与和顺图书馆馆长等职。

李根源等人创办益群中学的初衷，就是为了改变乡村教育落后的状况，为乡村孩子上学提供便利。为此，李根源先生在缅甸华侨组织"崇新会"捐助创办了这所乡村中学，并亲任益群中学董事长，邀请寸树声先生担任校长。在短短两年半时间里，寸树声先生对乡村教育进行了身体力行的实践，到缅甸争取办学经费，到省城昆明聘请师资人才，到省外采购图书、教学设备。

更重要的是，他在办学中追求的教育观念，放到今天也属先进。他追求的是为国家、为社会培养有用的人才，而不是"使学生成为高蹈的，与社会及生产脱离的特殊人物"。所以，他规定："学生一律穿短裤芒鞋、剃光头、着土平民服；学生禁绝闹饭食，若违就强制绝食一至二餐；学生禁绝抽烟、牌赌、饮酒、吃零食、随地吐痰、便溺等；学生每周须清扫居家相近一次，改善乡村卫生面孔。"

寸树声先生后来把自己在益群中学的办学经验写成《两年半的乡村工作》一书，记录下了他对教育的理念、追求和具体的实践与方法，是中国乡村教育难得的经验和典范。但战争和侵略者进攻的脚步中止了他在益群中学的工作。1942年5月4日，日军占领了与腾冲相邻的龙陵，战争的炮声隐隐可闻。5月8日寸树声先生给益群中学的全体学生上了令他们终生难忘的"最后一课"。如果说法国作家都德的《最后一课》是文学的虚构，寸先生的"最后一课"却是真实的一幕。他当年教过的一些学生，多年后还能清晰记得那一天寸校长脸上悲怆的表情和沉重的语调。

他把学生集中到操场上，表情凝重地说了一番话："时局的情形你们都已知道了，我们以为不能来到腾冲的敌人已经只离我们三四十里了。我只恨我们没有自卫的力量，恨我不能保护你们，领导你们！学校从今天起只有停课。将来总有一天学校又能开学上课，但是那时在这里上课讲授的人是不是我，是不是你们就不知道了！"先生胸中的悲与愤，那些沉默不语的学生们已经深深体会到了。

《最后一课》中的韩麦尔先生，让他的学生记住美丽的法语。寸树声先生让学生记住："平时对你们所说的话，希望你们不要忘记，你们要在艰苦的环境里磨炼你们的精神，在斗争里发展你们的力量！"

悲愤无语的韩麦尔先生最后在黑板上写下"法兰西万岁"，寸树声先生则大声喊出："我相信每一个黄帝的子孙，是不会当顺民的，不甘心做奴隶的！"

虽然寸树声先生在益群中学只担任了两年校长，但他对这所乡村中学的影响却是深远的。他也始终牵挂着故乡的山乡，还有那些可爱的学生。1990年，他的家人把他骨灰的一部分送回和顺，安葬在益群中学校园内。从此，他的灵魂可以永远守着学生、校园、故乡的土地而永恒。

雨洲亭，是个可以凭吊历史、缅怀精神的所在。

腾越的乡村不仅有美丽的风光，更有许多感恩图报的人和事，影响激励着后来者。一种优秀的文化传统，一种深沉内在的精神，就是这样形成的。所以，走在腾越乡村，你除了去看赏心悦目的景色，还时时会被无处不在的精神所感动。牺牲奉献、感恩回报，它们构成了腾越乡村最丰富美好的内蕴。

## 特色与发展

乡村是大地上最美丽的事物，是人类精神创造的结晶。乡村文化蕴含了腾越千古文脉传承与绽放的核心力量。腾越的乡村有着许多"与众不同"。

首先是地理位置和历史发展的"与众不同"。

地处极边，却和汉文化保持了密切关系。当年那些热爱故乡又不能不远离故乡的戍边军士们,怀着一腔深情把中原汉文化带到极边,犹如把故乡搬到极边,重塑一个故乡。正是他们这种浸透了热爱的执着,为腾越大地带来了生机和特色。一块汉文化的"飞地",这是多么生动形象的称呼!

汉文化在极边之地扎根后,它博大精深、丰富深厚的传统在这里很快得到继续和发展。它巨大的开放性、包容性也使它的内涵不断得到丰富和提升。所以,地处极边,位于多种文化交汇处的腾越,才能以稳健的姿势保持住文化的优势,创造了汉文化在极边繁荣的奇迹。腾越的乡村也因为有文化的滋养而保持住一种端庄稳重的风韵。当你行走在腾越大地的乡村,进入视野的粉墙黛瓦和小桥流水,会让你恍然生出"这是江南还是云南"之惑。

其次是自然条件的"与众不同"。

地处极边,却获得了大自然的慷慨馈赠,这是腾越大地的幸运。

上天似乎格外垂怜这块土地,赐予它那么多独特的自然美景。峰峦拔地,云峰参天,高黎贡如同起伏的巨龙守护着它的生民,七十余座火山锥的耸立更为腾越大地平添异彩。打鹰山、空山、马鞍山,每一座都是一个千万年沉睡的谜。数十个云南特有的坝子,如同明珠点缀大地。乡村则是坝子的明珠,是人类生存最美丽的影像。

腾越的地下也蕴藏着无尽的能量,所以才会有"地热之乡"的美称。当地一首童谣生动地描述了这一奇异的风景:"大滚锅,小滚锅,满坡都有热气窝。青青的山岗云雾多,咕咚咕咚战鼓回响震耳朵。"热海"大滚锅"中沸腾的不仅是热泉,还有一方水土的激情与活力。走在腾越大地,处处皆有美景入目,处处可以赏心悦目。只有愿意行走,才会有意想不到的景色俘获你的视线和心灵。

还有腾越精神的"与众不同"。

因为地处极边,当侵略者的铁蹄入侵国门践踏国土之时,腾越大地是第一道防线。它的胸膛注定了总是要首先承受痛苦和灾难,要用牺牲抵挡住进犯的脚步。无论是清代抵抗英国人入侵的战斗,还是 20 世

极边第一城
——时光中的腾冲

纪那场惊心动魄的"滇西抗战",腾越大地上的人民都以自己的英勇顽强、牺牲奉献,向国家、民族表示了最崇高的敬意。

有一个数据让人心情沉重:战前的腾冲有26万多人,战争结束后只剩下不到6万人。

而且在战争刚刚结束,河山还待重新收拾之时,腾冲人就在李根源先生的倡议下腾出人力物力建起国殇墓园。这既是对为国捐躯者的祭奠,也是为了民族精神的重建,以警示后人不忘国耻,发愤努力。所以,即使在"文化大革命"时期,腾冲国殇墓园竟然也没有受到大的破坏,这是一个奇迹。今天,这里更是进行爱国主义教育最直观的基地。在腾冲时,我曾听人说起一个故事,一位姓许的北京老人,到腾冲旅游参观了国殇墓园后,被抗日军人的浩然之气深深感动,竟然决定不走了。他在腾冲城里租了房屋住下后,每天到国殇墓园内义务打扫卫生,为烈士守灵。他的事在腾冲传为佳话。这就是民族精神的魅力,它可以超越地域和时代而永存。

据说,当年中国军队光复腾冲时,各村各寨的人民虽然不能亲自上战场与敌人拼杀,但却自动组成啦啦队,站在山坡上、田野间为中国军队呐喊助威。这是历史的奇观,在任何一场战争中都很难见到的场景:由乡村民众组成的"战场啦啦队",其发自心底的愤怒之声撼天动地,足以让侵略者闻之丧胆。

腾越精神,是一种值得总结发扬的精神。

在国家民族的危难关头,它追求的是无私的牺牲和奉献,用行动演绎"天下兴亡,匹夫有责"。作为汉文化养育下的极边之地,中华民族的文化传统在这里得到了很好的保持和发扬。为国守边光荣,已经是一种自觉的认同。

在经济活动中,"腾越精神"追求的是开拓进取,与时俱进。因为地处边境,因为历史上的交通便利,腾冲出现了不产玉石却成为玉石之乡的奇特现象。和顺、绮罗这些侨乡,都是因为那些不安于现状,有探索进取精神的先人们用双脚"走"出来的。正是他们勇于走出国门,走出创业的道路,才为一方乡土带来财富和兴旺。如今的腾越大地,到处可以见到玉石的影子,它已经成为一种特色产业,正在为人民的生活事业带来发展和变化。在荷花乡的雨伞农业合作社,我看到已经建设起一个规范而精致的"雨伞玉雕中心",是一个集玉石加工、营销、培训为一体的市场。在里面从事经营的大多是原来靠种田为生的农民,现在他们在商业活动中,重新找到了自己生存发展的位置。

腾越大地是一块丰富、博大的土地。

其实更吸引世人目光,让观者心动的不仅仅是地理和自然的独特,更是人类创造的历史和文化结晶,还有腾越人民开拓进取、发展进步的精神。

腾越的乡村,是和谐进步的乡村。行走在它的土地上,心灵会有一种安宁的感觉,似乎回到故乡的感觉。"吾心安处是故乡",这是很多人在腾越的乡村获得的真实感受。

一代代人创造、传承的乡村文化,更如涓涓细流滋养它千百年的根须,催生它开出最美丽动人的花朵。乡村最让人心动的内涵在于,它是人类最诗意的家园。

在这里,我们可以看到最纯朴自然的生活方式,可以感受最美丽动人的风景。可以放下城市生活带来的疲累,尽情享受

和顺人家

行走于田野的轻松愉快。尤其是腾越的乡村，这里有与人共舞的翩翩白鹭，有满地金黄的银杏，带给人诗意和回家的感觉。可以在和顺蛛网似的小巷里感受生活的"和顺"，体验文化的丰富，然后，带着美好的记忆重返远方。

腾越的乡村，会成为很多人记忆中永远美好的梦境。

乡村文化蕴腾冲，这既是对历史发展的总结，也是腾冲现实进步的需要。

和顺镇元龙阁清幽的龙潭之畔，有两株高大的古树，一株是榕树，一株是香樟树，都长得枝叶繁茂，形同伞盖，尤其是盛夏总能为游人送上一份惬意的清凉。

它们应该是腾冲乡村精神的形象升华：彰显精神，包容天下。

行走于这块土地上的人们，已经深深领会并继续实践着它的精神。

**注释：**

[1] 陈炎：《文明与文化》，山东大学出版社2006年版。